Hans Kruppa

Das Herz eines Engels

Hans Kruppa

Das Herz eines Engels

& andere Märchen

Illustriert von Catherine Ducloux

Allegria

Allegria ist ein Verlag der Ullstein Buchverlage GmbH
Herausgeber: Michael Görden

ISBN-13: 978-3-7934-2018-7
ISBN-10: 3-7934-2018-3

Umschlaggestaltung: FranklDesign, München
Titelabbildung: »Am blauen Ufer« von Catherine Ducloux
Gesetzt aus der Sabon
Satz: LVD GmbH, Berlin
Druck und Bindearbeiten: Clausen & Bosse, Leck
Printed in Germany

Inhalt

Zauber der Freundschaft

Vor einem Jahr war eine ältere Frau namens Maluna in das kleine Haus am Dorfrand gezogen, das sie von ihrem Onkel geerbt hatte.

Maluna erwies sich als eine zurückhaltende Frau, die allen Dorfbewohnern zwar mit Respekt und Freundlichkeit begegnete, aber mit niemandem nähere Bekanntschaft schließen wollte. Sie bewahrte immer eine gewisse Distanz, was ihr bald den Ruf einer Außenseiterin eintrug.

Vielleicht, munkelte man, hatte jemand in ihrem früheren Leben sie so sehr verletzt, daß sie menschenscheu geworden war. Vielleicht seien ihr die einfachen Leute im Dorf nicht gut genug, hieß es auch, immerhin habe sie in ihrem Berufsleben als Lehrerin an einer höheren Schule in einer großen Stadt unterrichtet.

Kein Dorfbewohner wagte mehr, ihr einen Besuch abzustatten, nachdem sie einigen unangemeldeten Gästen auf höfliche, aber unmißverständliche Weise gezeigt hatte, daß ihr nichts an ihrer Gesellschaft lag.

Seit Malunas Erscheinen im Dorf war der Schuljunge Palo ihr schon einige Male begegnet, beim Lebensmittelhändler, im Papiergeschäft oder auf der Straße, und jedes Mal, wenn ihre Blicke sich trafen, hatte sie ihn so angelächelt, daß ihm warm ums Herz wurde.

Einmal sagte er beim Abendessen mit seiner Familie, daß sie eine nette Frau sei. Sein Vater lachte seltsam und erwiderte: »Nett findest du sie? Die meisten halten sie für ungesellig und sonderlich. Komm bloß nicht auf die Idee, sie anzusprechen! Sie will nichts von uns Dorfleuten wissen, also wollen wir nichts von ihr wissen.«

In diesem Moment entschloß Palo sich, Maluna zu besuchen.

Eine Woche hatte er gebraucht, um genug Mut zu sammeln. Nun stand er vor ihrer Haustür, sah noch einmal nach rechts und links, um sicherzugehen, daß ihn niemand gesehen hatte, und betätigte den Türklopfer.

Wahrscheinlich würde sie ihn mit höflichen Worten wegschicken wie alle anderen vor ihm, aber Palo wollte es auf einen Versuch ankommen lassen, denn etwas an Maluna zog ihn an. Er hätte nicht sagen können, was es war, er spürte nur, daß sie anders war als die anderen – und daß dies etwas war, das er mit ihr gemeinsam hatte. Nur versteckte er seine Andersartigkeit und tat so, als sei er wie alle, während sie keinen Hehl daraus machte.

Die Haustür wurde geöffnet, Maluna stand lächelnd vor ihm und sagte: »Da bist du ja, Palo! Du hast dir viel Zeit gelassen. Aber jetzt bist du endlich gekommen, und darüber freue ich mich sehr. Laß uns in den Garten gehen!«

Palo hatte mit allem, nur nicht mit dieser herzlichen Begrüßung gerechnet. Maluna kannte sogar seinen Namen! Offensichtlich hatte sie jemanden danach gefragt, und das war wiederum ein Zeichen dafür, daß sie sich für ihn interessierte – ausgerechnet sie, die sich für niemanden im Dorf zu interessieren schien.

Sprachlos folgte er ihr durch das Haus in den Garten, wo so viele Blumen aller Arten blühten, daß Palo sich nicht an ihnen satt sehen konnte.

»Sie lieben Blumen«, sagte er schließlich.

»Ich liebe alles, was schön ist. Setz dich und laß uns reden! Deswegen hast du doch an meine Tür geklopft.«

Ja, deswegen war er gekommen – aus dem Gefühl heraus, daß er von Maluna Antworten auf die Fragen bekommen würde, die alle anderen nur mit einem Achselzucken oder befremdeten Blicken bedacht hatten, bis er seine Fragen für sich behielt. Aber sie ließen ihm keine Ruhe, lagen ihm auf der Seele und wollten gestellt werden, und schließlich hatten sie ihn zu Malunas Haus getrieben.

»Woher wissen Sie, daß ich mit Ihnen reden will?« fragte Palo.

Maluna lächelte. »Ich habe ungestellte Fragen in deinen Augen gesehen, immer wenn wir uns im Dorf begegnet sind, und wußte, daß du früher oder später mit ihnen zu mir kommen würdest. Du kommst eher später. Wahrscheinlich haben deine Eltern dich vor mir gewarnt.«

Palo nickte. »Mein Vater hält Sie für sonderlich und ungesellig.«

Maluna zuckte mit den Achseln. »So sind die Menschen. Ist einer nicht so wie alle anderen, werden sie unsicher. Ihre Unsicherheit macht sie unduldsam, und schon ist jemand, der seinen eigenen Weg geht oder einfach nur seine Ruhe haben will, für sie ein Sonderling, ein Eigenbrötler, dem nicht zu trauen ist. Wenn sie ihm diesen Stempel aufgedrückt haben, fühlen sie sich wieder besser.«

»Aber Sie sind doch eine Einzelgängerin.«

»Ja, aber nicht aus Überzeugung, sondern aus Mangel an Gelegenheit. Es ist ein ebenso großes wie seltenes Glück, einen Menschen zu finden, mit dem man eine wahre Freundschaft entfalten und pflegen kann. Wenn die Seelen sich nicht vertrauensvoll einander öffnen, bleibt jede Beziehung oberflächlich, und ich bin lieber allein, als meine Zeit mit seichten Gesprächen zu vergeuden.«

»Ich habe auch keinen wahren Freund«, gestand Palo ihr, »weder hier im Dorf noch an der Schule in der Stadt. »Ich wünsche mir oft einen Menschen, dem ich sagen kann, was ich allen verschweige, weil sie es ohnehin nicht beachten oder verstehen würden – und weil ich Angst davor habe, daß sie mich als Spinner abstempeln.«

»Wie alt bist du?«

»Fast siebzehn.«

»Palo, in deinem Alter geht die Erkenntnis der eigenen Andersartigkeit immer mit der berechtigten Furcht Hand in Hand, von den anderen abgelehnt und verspottet zu werden, und so versteckt man sein wahres Gesicht hinter einer Maske, um sich zu schützen. Du wirst erleben, daß die Angst, dich so zu zeigen, wie du bist, mit den Jahren immer mehr nachläßt, während der Mut, der dich heute schon zu mir geführt hat, wachsen und dich zu anderen Menschen leiten wird, denen du dich furchtlos öffnen kannst.«

»Wie können Sie das so sicher sagen?«

Maluna zuckte mit den Schultern. »Ich weiß nicht, wie – ich weiß nur, daß ich es kann. Ich schaue in deine Augen und sehe es.«

»Seltsam«, sagte Palo, »ich schaue in Ihre Augen und glaube Ihnen.«

Maluna streckte ihm die Hand entgegen: »Dann laß uns Freunde sein – und sieze mich nicht mehr.«

Palo ergriff und drückte ohne Zögern ihre Hand, obwohl er sich nicht hätte träumen lassen, daß der erste Freund, den er in seinem Leben fand, fast schon so alt war wie seine Großmutter. Nun aber, da es geschehen war, kam es ihm überhaupt nicht seltsam, sondern ganz natürlich vor.

»Ich sehe dir an, daß dich etwas bedrückt, Palo. Ist es vielleicht das Gefühl, wach zu sein, während alle um dich herum schlafen?«

Palo nickte überrascht. »Ja, ich habe oft das Gefühl, manches zu sehen, was die anderen nicht erkennen. Und wenn man es ihnen sagt, wünscht man sich hinterher, daß man den Mund gehalten hätte, weil die befremdeten Blicke weh tun. Und schließlich schweigt man.«

»Bis man das Schweigen nicht mehr ertragen kann und einen Menschen findet, bei dem man es endlich brechen kann«, sagte Maluna.

Palo nickte. »Ich fühle mich zu Hause in meiner eigenen Welt, aber einsam in der Welt der anderen. Ich bin ein guter Schüler, aber der Unterricht langweilt mich, auch wenn ich es nicht zeige. Die Lehrer vermitteln mir trockenes Wissen, aber ich sehne mich nach lebendiger Einsicht. Meine Eltern führen ein Leben, das nur eine Aneinanderreihung von Notwendigkeiten und Gewohnheiten ist. Ich achte sie, aber frage mich manchmal, ob ich sie noch liebe. Meine Klassenkameraden vergeuden ihre Zeit mit oberflächlichen Spielen und Vergnügungen. Meine einzigen wahren Freunde sind meine Bücher.«

»Sehe ich aus wie ein Buch, Palo?«

»Entschuldige, Maluna, meine einzigen Freunde waren meine Bücher – bis eben.«

»Bücher können wunderbar reden, Palo, aber leider nicht zuhören.«

Eine Hummel flog laut brummend vorbei und setzte sich auf eine der zahllosen Blumen.

»Die Seelen der Menschen unterscheiden sich so sehr voneinander wie die Körper der Tiere«, sagte Maluna. »Manche sind wie Hummeln, andere wie Maulwürfe – manche sind wie Vögel, andere wie Raubkatzen. Ich erkenne es immer in ihren Augen.«

»Welches Tier siehst du in meinen, Maluna?«

»Ich habe es gleich bei unserer ersten Begegnung im Dorf entdeckt: Du hast die Seele eines Schmetterlings. Du bist geboren worden, um Schönheit,

Freiheit, Leichtigkeit, Poesie in die Welt zu bringen. Du bist ein farbenfroher Gaukler der Lüfte, der damit begonnen hat, sich zu entpuppen. Deine Bestimmung ist es, ein Künstler zu werden, um mit deinen Werken den Menschen Farben und Lichter zu schenken in dieser oft so grauen, düsteren Welt.«

Palo sah seine Freundin ungläubig an, und einen Moment lang war sie ihm fast unheimlich. Wie konnte sie so gut in ihn hineinsehen und erkennen, was er vor aller Welt versteckt hielt? Wie konnte sie wissen, daß es sein größter und geheimster Traum war, einmal ein Schriftsteller zu werden?

»Und«, fragte Maluna ihren jungen Freund, »welches Tier entdeckst du in meinen Augen?«

Palos Blick legte sich auf ihr faltiges, aber in gewisser Weise jung gebliebenes Gesicht und erforschte ihre blauen Augen. So junge Augen in einem alten Gesicht, dachte er – und plötzlich erkannte er die Gestalt ihrer Seele.

»Ich sehe einen Vogel – eine Nachtigall.«

Maluna lächelte überrascht. »Ich bin beeindruckt! Die größte Leidenschaft meines Lebens war schon immer der Gesang. Ich singe so gern wie eine Nachtigall, aber leider nicht so schön. Sonst wäre ich sicherlich Sängerin geworden, nicht Musiklehrerin.«

»Ich schreibe heimlich«, gestand Palo ihr. »Kleine Geschichten, die ich noch keiner Menschenseele vorgelesen habe. Und manchmal träume ich davon, ein Dichter zu werden. Aber ein Dichter darf man nur sein, nicht werden.«

Maluna winkte ab. »Wer immer das auch gesagt hat – es ist Unsinn! Wie soll man ein Dichter sein, wenn man es nicht vorher werden wollte? Glaubst du, es geschieht von selbst? Du wachst eines schönen Morgens auf und bist ein berühmter Dichter? Nein, so gelingt es nicht. Du mußt es schon wollen, unbedingt wollen, und wenn deine Berufung echt ist, wird sich dein Traum verwirklichen, aber nicht von heute auf morgen, sondern als Ergebnis jahrelanger, unbewußter Vorbereitungen und Anstrengungen, mit denen du schon begonnen hast.«

»Ich weiß nicht, warum, aber ich habe meine kleinen Geschichten mitgebracht. Sie sind in meiner Umhängetasche.«

Maluna schmunzelte. »Das habe ich mir fast gedacht.«

»Kannst du in die Zukunft sehen?«

»Ich kann sie manchmal vorausfühlen.«

Palo wunderte sich über sich selbst, als er sich bückte und seinen größten Schatz aus der Tasche zog – die immer sorgfältig versteckte Kladde, in die er seine Erlebnisse, Einsichten und Phantasien, in kleine Erzählungen gekleidet, zu Papier gebracht hatte.

»Magst du mir eine deiner Geschichten vorlesen?« hörte er Maluna fragen.

Ohne Zögern schlug er das Schreibheft auf und las Maluna nach kurzem Blättern eine kleine Erzählung über die Hoffnung und den Zweifel vor.

Nachdem Palo seine kleine Lesung beendet hatte, schwieg Maluna lange, bevor sie sagte: »Das ist eine schöne und kluge Geschichte, die mir zeigt, daß du mit deinen siebzehn Jahren schon mehr über das Wesen des Menschen weißt, als andere jemals wissen werden. Und sie beweist mir, daß du über das nötige Talent verfügst, um deine Berufung zu verwirklichen. Ich zweifle nicht daran, daß du eines Tages ein berühmter Dichter sein wirst.«

»Ich träume oft davon, aber ich kann nicht daran

glauben, daß sich mein Traum erfüllen wird. Alle sagen, das Schreiben sei eine brotlose Kunst. Ich habe gelesen, daß nur sehr wenige Schriftsteller von ihren Büchern leben können.«

»Du wirst einer dieser wenigen sein«, sagte Maluna.

Palo schüttelte unwillkürlich den Kopf. »Ich fürchte, daß ich als Lehrer enden werde, der mit seinen Schülern über Bücher spricht, anstatt sie zu schreiben. Dir ist es doch auch nicht gelungen, Sängerin zu werden.«

»Ich habe es auch gar nicht versucht, weil mir bewußt war, daß meine Begabung nicht ausreichte. Aber wenn man einen Traum hat und dazu über das erforderliche Talent verfügt, muß man ihn verwirklichen – sonst wird man unglücklich und krank.«

Maluna seufzte.

»In der Stadt, aus der ich komme, lebte ein Mann in meiner Nachbarschaft, der wunderschöne Bilder malte und davon träumte, als Maler zu leben. Aber er hatte Angst davor, nicht genug Geld mit seinen Bildern zu verdienen, und so ergriff er einen Beruf, der seine Taschen füllte, aber seine Seele leerte. Mit den Jahren wurde er immer trübsinniger und bekam schließlich eine unheilbare Krankheit, an der er leidvoll starb ... Die Angst davor, unseren Träumen zu folgen, ist eine unserer gefährlichsten Feindinnen. Sie kann uns alles Leben aus der Seele und dem Körper saugen. Hüte dich vor ihr, Palo. Hab Angst vor dieser Angst!«

Palo sah Maluna lange in die Augen und fühlte immer deutlicher, daß sie die Wahrheit sagte. Sie war der erste Mensch, dem er seine tiefste Sehnsucht offenbart hatte, und der sie nicht nur verstand, sondern sogar noch unterstützte. Er fand keine Worte, seine Gefühle auszudrücken; daß Maluna seinen Mut, sich ihr zu öffnen, auf so wunderbare Weise belohnte, überwältigte ihn, machte ihn sprachlos.

»Die Menschen sind alle so schrecklich vernünftig«, sagte Maluna. »Sie betrachten das Leben mit den Augen des Verstandes, anstatt mit denen des Herzens.«

»Mein Vater hat öfter zu mir gesagt, ich sei unvernünftig.«

»Das sagen alle Menschen, die ihre Träume im Stich gelassen haben, zu denen, die ihnen treu bleiben wollen. Da sie selbst keine Sehnsüchte mehr haben, wollen sie den anderen ihre nehmen. So sind die meisten Leute, sie wollen die anderen so haben, wie sie selbst sind. Deshalb gib gut auf deine Träume acht, sonst fliegen sie davon – und mit ihnen deine Flügel, Schmetterling. Steh zu dem tiefen Wunsch, Palo, den ich in deinen Augen sehe. Du willst durch dein Leben nicht gehen – du willst fliegen. Ich weiß, daß du es kannst!«

Palo fühlte, wie gut ihm Malunas Worte taten, wie sie ihm Kraft und Zuversicht einflößten. Sie glaubte an ihn – an das Beste in ihm, sein wahres Wesen, das er bislang vor allen Menschen verborgen hatte. Aber jetzt war er nicht mehr allein mit seinen Hoffnungen und Zweifeln, und ein warmes Gefühl der Erleichterung und Dankbarkeit erfüllte sein Herz.

»Weißt du, Palo, die meisten Menschen sind feige. Sie lassen sich von ihren Ängsten durchs Leben führen, anstatt von ihren Träumen ... Doch unsere Sehnsüchte und Hoffnungen wollen ernst und wichtig genommen werden. Wer sie verdrängt, unterdrückt das Beste in sich und wird ein hohler Mensch. Wer seinen Träumen folgt, braucht Mut. Ich spüre, daß du ihn hast, er strahlt aus deiner Seele.«

»Sag, Maluna, hast du auch einen Traum?«

Sie lächelte. »O ja. Ich hatte schon immer mehr Träume, als die Welt zerstören konnte. Als ich vor einem Jahr die Stadt verließ, in der mich alles an meinen gestorbenen Liebsten erinnerte, bin ich mit einem Traum in dieses Dorf gezogen, der heute in Erfüllung gegangen ist: Ich habe einen Freund gefunden.«

Ohne daß er sich dagegen wehren konnte und ohne daß er sich dafür schämte, kamen Palo die Tränen.

Er und Maluna standen im selben Augenblick auf und umarmten sich.

Als Palo ging, fühlte er sich so beschwingt und beschenkt wie noch nie zuvor in seinem Leben.

Von diesem Tag an besuchte er Maluna, wann immer er Zeit dazu fand. Meistens saß er mit ihr im Blumengarten und sprach offen und vertrauensvoll über alles, was er bislang niemandem anzuvertrauen gewagt hatte. Er offenbarte Maluna seine geheimsten Gedanken und tiefsten Gefühle, er öffnete ihr seine Seele und zeigte sich so, wie er wirklich war – und Maluna gefiel alles, was sie sah. Sie gab ihm

Mut und Vertrauen ins Leben, wenn Zweifel ihn bedrängten. Sie stärkte seinen Glauben an sich selbst, an seine Fähigkeiten und seine Zukunft, wenn Ängste ihn bedrückten.

»Du hast begonnen, der Stimme deiner Seele zu folgen«, sagte sie ihm ein halbes Jahr nach seinem ersten Besuch, als Palo ihr seine neueste und wohl auch beste Erzählung vorgelesen hatte. »Viele Menschen werden deine Bücher lesen, in denen deine schöne Seele zu ihnen spricht, und sich berührt und reich beschenkt fühlen. Ich bin stolz, deine Freundin zu sein.«

»Ich bin stolz, dein Freund zu sein«, erwiderte Palo, »und ich fürchte mich davor, dich verlassen zu müssen, wenn mein Studium im Herbst beginnt. Ich werde dich sehr vermissen.«

»Du brauchst keine Angst zu haben, Palo. Aus den Augen heißt bei uns beiden nicht aus dem Sinn. Du wirst immer in meinem Herzen sein, auch wenn du Tagesreisen von mir entfernt bist.«

»Du auch«, sagte Palo.

»Schau nicht so traurig! Du mußt in die Welt hinaus, du bist aus diesem kleinen Dorf herausgewachsen. Du brauchst Erfahrungen, Eindrücke, Inspiration. Das Studentenleben wird dir all dies bieten. Wir werden uns Briefe schreiben, ich freue mich schon darauf. Und jetzt laß uns nicht mehr von Abschied reden, noch bist du hier. Laß uns den Augenblick genießen!«

Nach seinem Schulabschluß zog Palo in eine weit entfernte Universitätsstadt und studierte Literatur und Philosophie, aber vor allem das Leben und die Liebe. Der Abschied von seiner Familie und seinem Heimatdorf war ihm nicht schwergefallen, doch die Trennung von Maluna hinterließ eine Traurigkeit in ihm, die noch monatelang einen Schatten auf sein Gemüt warf.

Jede Woche schrieb er ihr einen Brief, jede Woche erhielt er eine Antwort von ihr. Allein der Gedanke, daß Maluna lebte, gab ihm Kraft und Zuversicht.

Schon während seiner Studienzeit erschien sein erstes Buch mit gefühlvollen, feinsinnigen Erzählungen, das ein bekannter Kritiker als vielversprechend bezeichnete.

Nach der Beendigung seines Studiums widmete sich Palo mit ganzer Kraft dem Schreiben und ließ sich dabei so sehr in den Bann der Schaffensfreude ziehen, daß er vergaß, ob es Tag oder Nacht war. Er lebte so sparsam wie möglich von dem Vorschuß, den ein Verleger, der an ihn glaubte, ihm gezahlt hatte.

Mehr und mehr fühlte er sich im Reich der Wörter heimisch, immer besser gelang ihm der Sprung vom ungeformten Gedanken zum vollkommenen Ausdruck, immer tiefer senkte sich sein Blick in die Natur des Lebens, das ein Füllhorn von Geschichten bereithielt, die nur darauf warteten, aus der Seele des Dichters in die Sprache zu fließen – und von dort in die Seele des Lesers, um sie zu beschenken, zu inspirieren, vielleicht auch zu erwecken aus dem Schlaf der Alltäglichkeit.

Palo aß und trank nicht, wenn er schrieb, er vergaß die Welt um sich herum, während er mit der Aneinanderreihung von Buchstaben Welten aus sich heraus schuf.

Malunas Worte, daß er zum Schreiben berufen sei, kamen ihm immer wieder in den Sinn. Ohne ihre Hilfe hätte er vielleicht nie gelernt, an sich zu glauben.

Ein Schriftsteller, der seine Leser verzaubern will, muß von Zuversicht erfüllt, von Leidenschaft getragen und von der Sehnsucht inspiriert sein, das Unsagbare fühlbar zu machen. Ihm muß das, was zwischen seinen Zeilen steht, mehr bedeuten als das, was in ihnen steht – denn wichtiger als alles, was Worte sagen, ist das, was sie unsichtbar mit sich führen, was sie den Augen verbergen, aber der Seele offenbaren. Er muß fühlen, was er schreibt – und schreiben, was er fühlt.

Manchmal war es Palo beim Schreiben so, als stände er kurz davor, einen Vorhang zurückzuziehen, hinter dem ihn ein Anblick erwartete, der das Leben in seiner ganzen Rätselhaftigkeit mit einem Schlag erhellen würde – und vielleicht war diese Sehnsucht nach vollkommener Einsicht die stärkste Triebfeder seines selbstvergessenen Schaffens.

Sein erster Roman, den er im Alter von sechsundzwanzig Jahren veröffentlichte, wurde ein außergewöhnlicher Erfolg und machte Palo über Nacht zu einem gefeierten Schriftsteller, dem von allen Seiten eine große Zukunft vorausgesagt wurde.

In den Jahren seines leidenschaftlichen Lebens und Schaffens waren Palos Erinnerungen an seine innerlich einsame Jugend verblaßt – bis auf die Gespräche mit Maluna. Sie allein behielten ihre Klarheit und Farben.

Die beiden Freunde schrieben sich nach wie vor regelmäßig lange Briefe. Vor zwei Jahren hatte er Maluna zum letzten Mal besucht. Schon mehrmals hatte er sich seitdem vorgenommen, sie wiederzusehen, aber immer hielt ihn etwas davon ab, denn seine Schreibleidenschaft und sein Ruhm hatten ihn zu einem vielbeschäftigten Mann gemacht.

In den letzten drei Wochen hatte er keinen Brief von Maluna erhalten, die ihm sonst jede Woche einmal geschrieben hatte, was ihn von Tag zu Tag mehr beunruhigte.

Vielleicht folgte er deshalb endlich seinem langgehegten Herzenswunsch, Maluna wieder in die Arme zu schließen und mit ihr wie damals im Garten zu sitzen, mit ihr zu reden, ihre Nähe zu spüren und ihr für alles zu danken, was sie ihm geschenkt hatte.

Als er mit den letzten Vorbereitungen für die lange Reise in sein Heimatdorf beschäftigt war, klopfte ein

Bote an seine Tür und brachte ihm Post von einem Notar.

In dem Umschlag fand er einen Brief, auf dem sein Name stand – geschrieben von der Hand, die ihn in der Wüste seiner Jugend zu einer Oase geführt hatte.

Er öffnete das Kuvert mit zitternden Händen und las:

»Mein lieber Schmetterling – wie sehr ich mich freue, daß Du so schön und so hoch fliegst!

Wenn Du diese Zeilen liest, hat Deine Nachtigall ihr letztes Lied auf dieser Welt gesungen. Die Freundschaft mit Dir war die Sonne meiner letzten Jahre, und ich danke Dir von ganzem Herzen für alles, was Du mir mit Deiner bloßen Gegenwart immer aufs neue geschenkt hast.

Ich weiß schon seit geraumer Zeit, daß meine Tage gezählt sind, die Ärzte haben keinen Zweifel daran gelassen. Verzeih mir bitte, daß ich es nicht übers Herz gebracht habe, Dir von meiner Krankheit zu schreiben. Ich wollte, daß Du mich so in Erinnerung behältst, wie Du mich bei Deinem letzten Besuch erlebt hast.

Ich vererbe Dir mein kleines Haus. So hast Du immer eine schöne Zuflucht, wenn Du Ruhe und Abgeschiedenheit suchst.

Mein lieber Palo – wenn Du dies liest, habe ich mich auf die Reise ins Unbekannte begeben. Meine Seele wird immer Deine Freundin sein.

In Liebe – Deine Maluna.«

Der Pakt

Im Alter von fünfundzwanzig Jahren war Malin ein vielversprechender Konzertpianist, doch dann zog er sich bei einem Reitunfall einen mehrfachen Bruch des rechten Arms und Handgelenks zu, der seiner Laufbahn ein jähes Ende setzte.

Als er Monate später zum ersten Mal wieder seine Hände auf die Tasten seines geliebten Flügels legen konnte, wurde ihm bald schmerzlich bewußt, daß seine rechte Hand nicht mehr wie früher war und nie wieder so sein würde. Die Einsicht, daß er selbst mit härtester Übung niemals mehr seine einstige Virtuosität erreichen könnte, legte sich mit unerträglicher Schwere auf seine Seele.

Es war die schwierigste Aufgabe seines bisherigen Lebens, sich von seinem Traum zu verabschieden, die berühmtesten Konzertsäle der Welt zu erobern.

Aber das Schicksal hatte es ihm so beschieden, und nach Monaten der Verzweiflung, Trauer, der schlaflosen Nächte und sinnlosen Rebellionen nahm er schließlich sein Los an.

Trotz seiner eingeschränkten Möglichkeiten war Malin noch immer ein hervorragender Klavierspieler. So beschloß er, seine Fähigkeiten, die er nicht zur vollen Entfaltung hatte bringen können, anderen Menschen zu vermitteln, indem er sie im Klavierspiel unterrichtete.

Schon wenige Monate später kamen täglich sechs, manchmal auch mehr Schüler in sein Haus, um seinen Unterricht zu genießen. Auch wenn Malin noch gelegentlich mit seinem bitteren Schicksal haderte, fand er doch mehr und mehr Gefallen an seiner neuen Aufgabe und dachte einmal sogar, daß dies womöglich seine eigentliche Berufung war: begabten jungen Pianisten zu helfen, ihr Talent zu fördern, damit einer von ihnen vielleicht das erreichen würde, was ihm nicht vergönnt gewesen war.

So vergingen fünfundzwanzig Jahre.

Malin stand in seiner Küche und traf die letzten

Vorbereitungen für die Feier seines fünfzigsten Geburtstags, zu dem er seine besten Freunde eingeladen hatte.

Nur noch selten dachte er an seine jungen Jahre zurück. Er hatte mit der Zeit seinen Seelenfrieden gefunden, doch vor zwei Wochen war etwas geschehen, das ihn mit einem Schlag aus dem inneren Gleichgewicht gebracht hatte: Lina hatte lächelnd vor seiner Tür gestanden und um seinen Unterricht gebeten.

In dem Augenblick, als ihre Blicke sich trafen, wußte Malin, daß er die Frau gefunden hatte, auf die er, ohne es zu wissen, jahrzehntelang gewartet hatte. Aber er hatte sie zu spät gefunden, denn sie war erst neunzehn. Lina studierte Klavier an der städtischen Musikhochschule und wollte darüber hinaus ihre Begabung unter Malins Führung entfalten, der weit über die Grenzen der Stadt hinaus den Ruf genoß, junge Talente besser als alle anderen Lehrer fördern zu können.

Malin bat sie, ihm vorzuspielen. Lina setzte sich mit anmutigen Bewegungen an den Flügel, schloß ihre Augen und spielte eine romantische Sonate mit so viel Feingefühl, Musikalität und intuitiver Sicherheit, daß Malin von ihrem Vortrag im Innersten berührt war. Er nahm sie freudigen Herzens in den Kreis seiner Schüler auf und vereinbarte mit ihr, daß sie von nun an jeden Dienstag und Freitag nachmittags zu ihm kommen würde.

Nun war sie schon vier Mal bei ihm gewesen, und es bereitete Malin wachsende Mühe, seine Gefühle vor ihr zu verbergen.

Einmal, als er hinter ihr stand, während sie eine Fuge übte, mußte er seine Hände mit aller Kraft davor zurückhalten, ihr langes braunes Haar zu berühren. Er wollte sie auf keinen Fall verschrecken, denn die Stunden mit ihr beglückten ihn auf wundersame Weise. Er verbot sich strikt, Lina seine zärtlichen Gefühle zu offenbaren, denn er fürchtete, daß sie den Unterricht abbrechen könnte, wenn sie spürte, daß er sie mehr als alles andere auf der Welt begehrte.

Selbst bei den Vorbereitungen zu seinem Geburtstagsfest mußte er immer wieder an Lina denken – auch in dem Augenblick, als es an seiner Tür klopfte. Ein Blick auf die Standuhr zeigte ihm, daß seine

Gäste erst in einer Stunde eintreffen würden, aber vielleicht hatte sich einer seiner Freunde entschlossen, etwas eher zu kommen, um ihm bei den Zubereitungen der Speisen und Getränke zu helfen.

Malin nahm die Schürze ab und öffnete die Tür. Vor ihm stand zu seiner Überraschung ein eleganter, ganz in Schwarz gekleideter junger Mann, den er noch nie gesehen hatte. Er lächelte Malin freundlich an und sagte: »Ich gratuliere dir zu deinem fünfzigsten Geburtstag, Malin.«

Bevor der Klavierlehrer sich für die Glückwünsche bedanken konnte, fuhr der Fremde fort: »Ich habe ein ganz besonderes Geschenk für dich. Willst du mich nicht in dein Haus lassen?«

Da der unverhoffte Gratulant vertrauenswürdig wirkte und überdies Malins Neugier geweckt hatte, bat er ihn herein, führte ihn ins Wohnzimmer und bot ihm einen Sessel an.

Der Besucher nahm Platz und ließ seinen Blick über die Möbel, den schwarzen Flügel und die Gemälde an den Wänden schweifen. »Schön wohnst du, geschmackvoll und gemütlich.«

Malin nickte höflich. »Danke. Leider habe ich nur

wenig Zeit. In einer Stunde kommen meine ersten Gäste, und ich bin noch nicht mit den Vorbereitungen fertig geworden.«

»Wir brauchen nicht viel Zeit«, erklärte der junge Mann.

»Du machst auf mich den Eindruck eines höflichen Menschen, aber du hast dich mir noch nicht vorgestellt«, sagte Malin.

Der Fremde lächelte und strich sich eine Strähne seines dunklen Haares aus der Stirn. »Mit gutem Grund, denn ich habe keinen Namen. Oder sagen wir, ich habe viele, was auf das gleiche hinausläuft. Aber kommen wir zu meinem Geschenk. Es ist das wertvollste und schönste Geschenk deines Lebens, aber es fordert eine entsprechende Gegenleistung von dir. Insofern ist es eigentlich eher ein Pakt, den ich mit dir schließen möchte.«

»Ein Pakt?«

»Genau. Ich weiß, daß du dich in deine bezaubernde Schülerin Lina verliebt hast und dir nichts sehnlicher wünschst, als auch von ihr geliebt zu werden. Ich kann dich sehr gut verstehen, denn sie ist eine schöne junge Frau voll von frischem Leben.

Aber gerade dort liegt auch dein Problem, denn du bist zu alt für sie. Sie sieht dich als einen hervorragenden Lehrer und Förderer ihrer Begabung, sie empfindet Hochachtung und sogar eine gewisse Zuneigung zu dir, aber auch nicht mehr. Sie wird deine Liebe nie und nimmer erwidern – es sei denn, du wirst jünger.«

Malin verbarg seine Bestürzung über das Wissen des Fremden hinter einem künstlichen Lachen. »Möchtest du mir einen Scherz zum Geburtstag schenken? Niemand wird jünger. Und woher willst du wissen, was ich für meine Schülerin Lina empfinde, oder sie für mich? Du kennst weder mich noch sie.«

»Ich kenne euch beide besser, als du denkst«, erklärte der junge Mann mit ruhiger Stimme. »Falls du den Pakt mit mir schließt, wovon ich ausgehe, wird sich dein Alter halbiert haben, wenn morgen die Sonne aufgeht. Du wirst wieder fünfundzwanzig sein, ohne das Wissen um dein wahres Alter zu verlieren, ohne deine Erinnerungen, Erfahrungen und Fähigkeiten aufgeben zu müssen. Du wirst innerlich derselbe bleiben, der du heute bist, aber äußerlich ein junger Mann sein. Vor dem Morgengrauen wirst du die Stadt verlassen und ihr für eine Woche fernbleiben. Wenn du in dieses Haus zurückkehrst, wirst du dich als dein eigener Sohn ausgeben, der gerade seinen Vater in dessen Heimatort beerdigt hat, der in der Nacht nach seinem fünfzigsten Geburtstag an einem Schlaganfall starb.«

Der Namenlose zog einen Umschlag aus seiner Jackentasche und legte ihn auf den Tisch. »Darin befindet sich dein neuer Ausweis, der Totenschein sowie die amtliche Bestätigung der Verbrennung des Leichnams deines Vaters und sein Testament, in dem er dir sein Haus vererbt – nur für den Fall, daß jemand deine Geschichte anzweifelt. Wenn man dich fragt, warum dein Vater nie von dir gesprochen hat, erklärst du, daß du sein unehelicher Sohn bist und er aus Sorge um seinen Ruf deine Existenz verschwiegen hat. Man wird dir Glauben schenken, da du ihm wie aus dem Gesicht geschnitten bist. Du wirst die Schüler deines Vaters übernehmen, und sie werden von deinem Unterricht genauso begeistert sein, wie sie es von seinem waren. Du kannst sogar deinen Namen behalten, denn es ist nicht ungewöhnlich, daß ein Vater seinem Sohn den eigenen Namen gibt. Lina wird sich Hals über Kopf in dich verlieben, und ihr werdet glücklich zusammenleben.«

»Jetzt reicht es!« empörte sich Malin. »Ich habe durchaus eine Schwäche für phantastische Geschichten, aber das ist nun wirklich zuviel des Guten. Hältst du mich für einen Dummkopf?«

»Ich halte dich für einen Verliebten, was in gewisser Weise auf das gleiche hinausläuft – aber laß uns nicht darüber diskutieren. Offensichtlich glaubst du mir nicht.«

»Allerdings – und ich sorge mich um deine geistige Verfassung. Du hältst dich anscheinend für allmächtig!«

»Ich bin mächtig, aber leider nicht allmächtig. Und ich verstehe, daß du an meiner Macht zweifelst. Hättest du gern einen Beweis meiner Fähigkeiten?«

»Ja, den hätte ich gern!«

Der Namenlose schmunzelte und strich sich über seinen gepflegten Schnurrbart. »Dann sieh zu deinem Flügel, Malin!«

Was nun geschah, ließ Malins Atem stocken. Die

Tasten des Instruments wurden so gekonnt angeschlagen, als spielte ein unsichtbarer Virtuose auf ihnen, und Malin wurde mit einem inneren Frösteln bewußt, daß sein geheimnisvoller Besucher kraft seines bloßen Willens dem Flügel das Klavierstück entlockte, ohne seine Hände zu benutzen.

Malins Herz raste und Schweiß stand auf seiner Stirn, als der letzte Ton verklungen war.

»Wer bist du?« flüsterte er.

Der junge Mann lächelte.

»Bist du etwa ...«

»Ja, der bin ich. Du siehst auf einmal so blaß aus, Malin, als wärst du krank. Aber das paßt gut, denn du wirst ja heute nacht sterben, um als dein eigener Sohn aufzuerstehen – falls du dich auf unseren Pakt einläßt.«

Malin wurde schwindelig, er wischte sich den Schweiß von der Stirn und rang um seine Fassung. »Ich habe mir dich ganz anders vorgestellt.«

Sein Besucher lachte. »Wenn ich so gekommen wäre, wie viele eurer Maler mich darstellen, als ein Gerippe mit einer Sichel in der Knochenhand, hättest du mich sicherlich nicht in dein Haus gelassen.«

»Ja, das hätte ich wohl nicht. Sag mir: Wie lauten die Bedingungen des Paktes?«

Der Tod nickte zufrieden. »Lina wird dir ihre ganze Liebe und Hingabe schenken. Sie wird in dein Haus ziehen, und du wirst mit ihr die fünf glücklichsten Jahre deines Lebens verbringen. Nach Ablauf dieser Zeit werde ich wiederkommen und dir ein Fläschchen mit einem Gift geben, das du in ein Getränk für Lina füllen wirst. Sie wird sterben, ohne die geringsten Schmerzen zu empfinden – ich bin nicht so herzlos, wie die Menschen im allgemeinen denken. Auf dich wird nicht der Schatten eines Verdachtes fallen. Die Ärzte werden als Todesursache ein Herzversagen bei Lina feststellen. Du wirst noch ein langes Leben vor dir haben und bald eine andere hübsche Frau finden, die dich mit ihrer Liebe über den Verlust von Lina hinwegtröstet. Musiker ziehen nun mal die Frauen an.«

»Du bist ein Ungeheuer!« stieß Malin hervor.

»Mäßige dich! Ich biete dir das größte Glück deines Lebens an, und dir fällt nichts Besseres ein, als mich zu beleidigen!«

Malin biß sich auf die Unterlippe. »Das wollte ich

nicht – meine Gefühle haben mich überwältigt. Bitte erkläre mir: Warum ist dir an Linas frühem Tod gelegen? Und weshalb brauchst du mich dazu als Helfer? Wenn du so mächtig bist, wie du mir jetzt erscheinst, könntest du ihr das Leben nehmen, wie und wann immer es dir beliebt.«

Der Tod schüttelte bedauernd den Kopf. »Wie gesagt, ich bin mächtig, aber nicht allmächtig. Wenn du mir nicht hilfst, wird Lina erst als Greisin sterben. Ich will aber ihr Leben, so lange sie noch in der Blüte ihrer Jugend steht.«

»Warum gerade ihr Leben?«

»Weil es mir sehr viel bedeutet. Sie ist ein ganz besonderer Mensch, das weißt du genauso gut wie ich.«

In Malins Gemüt war ein Sturm aufgezogen, der seine Gedanken wie welke Blätter aufwirbelte und in alle Himmelsrichtungen verstreute.

»Ich kann keinen klaren Gedanken fassen«, bekannte er.

»Das brauchst du auch nicht. Hier geht es um eine Entscheidung des Herzens. Ich gebe dir deine Jugend zurück, verschaffe dir fünf überglückliche Jahre mit der Frau deines Lebens, für die du leider im Moment noch zu alt bist. Ich gebe dir sehr viel und verlange dafür wenig.«

»Wenig?« entrüstete sich Malin. »Du verlangst von mir, daß ich die Frau töte, die ich über alle Maßen liebe! Du bist ...«

»Vorsicht, Malin! Ich bin dein Wohltäter. Also – gehst du den Pakt mit mir ein?«

Malin schüttelte unwillkürlich den Kopf. Nein, das werde er nicht tun, wollte er sagen, aber etwas hielt ihn zurück – etwas Unbezwingbares, das aus den Tiefen seines Herzens kam. Er sah Linas lächelndes Gesicht vor sich, ihren bezaubernden Blick. Die Vorstellung, von ihr umarmt, geküßt, aus ganzem Herzen geliebt zu werden, überwältigte ihn mit aller Macht.

»Entscheide dich«, forderte der Tod ihn auf, »bald kommen deine Geburtstagsgäste.«

»Und wenn ich mich nach den fünf Jahren weigere, Lina das Gift zu geben?«

»Dann werde ich dich statt Lina aus dem Leben reißen. Und ich verspreche dir, daß es kein schmerzloses Dahinscheiden sein wird, sondern ein qualvoller Kampf. Dein Bruch unseres Paktes würde mich dazu ermächtigen. Nun?«

»Ich schließe den Pakt mit dir«, hörte Malin sich sagen.

Der junge Mann lächelte und streckte dem Klavierlehrer seine Hand entgegen. »Dann schlag ein, Malin!«

Als Malin seinem Besucher die Hand gab, erschrak er, denn sie war kalt wie ein Eiszapfen.

Alles kam so, wie der Tod es vorhergesagt hatte, und Malin erlebte mit Lina eine wundervolle Liebe, die ihm ein Glück schenkte, das er in seinen kühnsten Träumen nicht für möglich gehalten hätte. Er liebte Lina mit allen Fasern seines Wesens, und seine Seele blühte voller Freude im Sonnenschein ihrer Liebe zu ihm auf.

Sie führten viele tiefe Gespräche, die ihnen mehr und mehr ihre geistig-seelische Verwandtschaft bewußt machten, und spazierten bei schönem Wetter stundenlang Arm in Arm am Ufer des Flusses entlang, der unweit von Malins Haus die Stadt in zwei Hälften teilte, wobei sich ihre Herzen immer aufs neue sagten, was Worte nicht ausdrücken können.

Sie spielten sich gegenseitig ihre liebsten Klavierstücke auf dem Flügel vor und gingen mit Leib und Seele in der Harmonie zwischen ihnen auf, wenn sie gemeinsam vor dem Instrument saßen und vierhändig darauf improvisierten.

Die Abende verbrachten sie meistens eng aneinandergeschmiegt auf dem Sofa vor dem Kaminfeuer und ließen sich von dem anheimelnden Züngeln der Flammen verzaubern.

Mehrmals im Jahr unternahmen sie Reisen ans Meer oder in die Berge, teilten unvergeßliche Glücksmomente und erlebten voller Freude, wie ihre Liebe von Monat zu Monat wuchs – wie die Forsythie, die sie gemeinsam im Garten gepflanzt hatten.

Je tiefer seine Liebe zu Lina wurde, desto mehr erkannte Malin, welch ein wunderbarer Mensch sie war. Bei ihren gemeinsamen Gängen durch die Stadt oder auf ihren Reisen schenkte sie ärmlich gekleideten Kindern Geldmünzen und konnte an keinem Bettler vorbeigehen, ohne ihm ein Almosen zu geben. Sie hatte ein mitfühlendes, gütiges Herz und eine zarte, schöne Seele, und Malin wurde mehr und mehr bewußt, daß er es nie für möglich gehalten hätte, eine Frau so sehr lieben zu können, wie er Lina liebte.

Und auch ihre Liebe zu ihm war ohne Zweifel und Grenzen. Sie schenkte ihm ihre Gefühle aus tiefster Seele und vertraute ihm bedingungslos.

Obwohl sie dank ihrer Schönheit oftmals begehrliche Blicke anderer Männer auf sich zog und immer wieder romantische Annäherungsversuche heimlicher Verehrer erlebte, hatte sie nur Augen für Malin, denn sie war so frei von Untreue, wie nur eine wunschlos glücklich Liebende sein kann.

Ihr Glück war vollkommen, und nie hatte Malin sein Leben als so kostbar empfunden wie seit jenem Tag, als Lina seine Geliebte geworden war.

Wenn er manchmal nachts schlaflos vor Freude neben ihr im Bett lag und ihrem gleichmäßigen Atem lauschte, dankte er dem Schicksal, daß es ihn mit einer solchen Glückseligkeit beschenkt hatte, und er küßte zärtlich Linas Wangen, ihr Haar und ihre Lippen – ganz behutsam, um sie nicht zu wecken.

Sie war ein Teil von ihm geworden, und oft hatte er das Gefühl, daß er der glücklichste Mann auf der Erde war. Immer fester wurde seine Gewißheit, daß sein Leben, sein wahres Leben, erst in dem Augenblick begonnen hatte, als Lina ihm ihre Liebe offenbarte – und es verging kaum ein Tag, an dem er nicht eine schier überwältigende Dankbarkeit empfand, daß ihm eine so unfaßbare Liebe zuteil geworden war.

Immer wenn sich der Gedanke in sein Bewußtsein drängen wollte, daß diese Liebe an einem bereits feststehenden Tag auf furchtbare Weise enden würde, verdrängte er ihn mit aller Kraft und Entschlossenheit. Und wenn es ihm nicht so recht gelingen wollte, rief er die Hoffnung zu Hilfe, daß der Tod sich angesichts seines vollkommenen Glücks erbarmen und entgegen seiner Ankündigung nicht wiederkommen würde. Immerhin hatte er gesagt, daß er nicht so herzlos sei, wie die Menschen im allgemeinen glaubten.

Trotz der Ängste, die sich manchmal wie ein Schatten auf sein Glück legten, gab es in den fünf Jahren an Linas Seite keinen einzigen Augenblick, in dem Malin bereute, daß er den Pakt eingegangen war.

An Malins dreißigstem Geburtstag klopfte es an seiner Tür, und der Tod stand vor ihm. Er sah ganz genauso aus wie vor fünf Jahren, trug denselben schwarzen Anzug und hatte das gleiche Lächeln.

»Meinen Glückwunsch zum dreißigsten Geburtstag! Oder seien wir ehrlich – zum fünfundfünfzigsten! Ich verstehe, daß mein Besuch dich nicht erfreut, deshalb mache ich es kurz.«

Er griff in seine Jackentasche und drückte Malin ein kleines Fläschchen mit einer durchsichtigen Flüssigkeit in die Hand. »Ich habe meinen Teil des Paktes erfüllt. Nun erfülle deinen, wenn dir dein Leben lieb ist!«

Nach diesen Worten wandte er sich um und ging.

Malin schloß mit zitternden Händen die Haustür, steckte das Giftfläschchen in die Jackentasche und ging, als er seine Fassung wiedergewonnen hatte, ins Wohnzimmer zu Lina, die am Fenster stand und in den Garten blickte.

»Wer war an der Tür?« fragte sie und kam ihm entgegen. »Ein Gratulant?«

»Nein – nur ein Fremder, der sich in der Adresse geirrt hatte.«

Malin schloß Lina in seine Arme und bedeckte ihr Gesicht mit zärtlichen Küssen.

»Du weinst ja, Liebster.«

»Freudentränen«, flüsterte er. »Ich liebe dich aus

tiefster Seele und werde dich immer lieben, was auch geschehen mag.«

Sich von Lina für immer verabschieden zu müssen, ohne es sie merken zu lassen, war eine fast übermenschliche Aufgabe, aber es gelang Malin, sie zu bewältigen. Lina spürte nicht, was in ihm vorging, und setzte sich, nachdem ihre Umarmung ausgeklungen war, an den Flügel.

Malin lauschte ihr eine Weile voller Wehmut und ging schließlich in die Küche, wo er einen Brief an sie schrieb, in dem er ihr alles erklärte. Er legte ihn auf den Küchentisch, entleerte den Inhalt des Giftfläschchens im Spülbecken und warf es in den Abfalleimer. Dann setzte er sich und wartete auf das Erlöschen seines Lebenslichts.

Kurz darauf klopfte es erneut an der Haustür.

Malin öffnete sie, und zu seiner Überraschung stand wieder der Tod vor ihm, doch diesmal lächelte er nicht. »Ich bin dir ein Geständnis schuldig, Malin.«

»Ich höre, sofern mir noch genug Zeit dazu bleibt.«

»Sie bleibt dir – denn ich habe unser Spiel verloren.«

»Von welchem Spiel sprichst du?«

»Ich habe dich bei meinem Besuch vor fünf Jahren in einem entscheidenden Punkt angelogen: Ich begehrte nicht Linas Leben, sondern deins. Mein wahres Interesse galt von Anfang an dir, Malin. Hättest du Lina das Gift gegeben, wäre nicht sie daran gestorben, sondern du – und ich hätte dich gewonnen.«

»Aber warum wolltest du gerade mich?«

»Wegen deines seelischen Reichtums, der dir selbst nicht bewußt ist. Es gibt nur wenige Menschen deiner Art, und sie werden immer seltener. Ich habe mich sehr danach gesehnt, dich so bald wie möglich in die Arme zu schließen, um den Reichtum deiner Seele in mich aufzunehmen. Ich wußte, er würde mich erfüllen, berauschen – und mich für einen köstlichen, zeitlosen Augenblick vergessen lassen, wer ich bin. Ich kenne kein größeres Glück als dieses Vergessen.«

Der Tod seufzte. »Meine Sehnsucht hat mein Urteilsvermögen getrübt. Ich hätte wissen müssen, daß du das Gift niemals deiner Geliebten geben würdest, um dein Leben zu retten, sondern deines unter Qualen opfern würdest, um ihres zu bewahren. Nun hast du ihres und deins erhalten, und mir bleibt nichts anderes übrig, als meine Fehleinschätzung einzugestehen und dir meine Hochachtung zu zollen. Du hast dich auf ein Spiel mit dem Tod eingelassen und es gewonnen. Das ist bislang nur den allerwenigsten Lebenden gelungen. Ich ziehe meinen Hut vor dir, Malin.«

»Dann hast du letztlich die Wahrheit gesagt, als du dich meinen Wohltäter nanntest.«

Der Tod nickte. »Ja – wenn auch unfreiwillig.«

Er verbeugte sich vor Malin und ging aus seinem Leben.

Fast wahnsinnig vor Freude eilte Malin in die Küche, zerknüllte seinen Abschiedsbrief und warf ihn in das Feuer des Herdes.

Mit wild klopfendem Herzen lief er ins Wohnzimmer zurück, unterbrach Lina in ihrem Spiel, zog sie an sich und umarmte sie, als wäre er jahrelang von ihr getrennt gewesen.

»Was ist geschehen, Malin?« fragte sie. »Du umarmst mich so innig, als müßten wir uns für immer verabschieden.«

»Nichts ist geschehen, Liebste, nichts ist geschehen«, sagte er mit bebender Stimme. »Ich habe mir nur vorgestellt, wie es wäre, wenn wir uns für immer trennen müßten. Daß dies nur eine Vorstellung war und noch viele Jahre inniger Liebe vor uns liegen, macht mich so überglücklich, daß ich nicht anders konnte, als dich aus tiefstem Herzen zu umarmen. Ich liebe dich – mehr als mein Leben.«

Das Herz eines Engels

Amila war ein sanftmütiges Mädchen, das von seinen Eltern über alle Maßen geliebt wurde.

Sie wußten, daß sie mit dieser Tochter ein Geschenk des Himmels erhalten hatten, denn sie war ein ganz besonderes Kind. In Amilas offenen blauen Augen glänzte eine Schönheit, die nicht von dieser Welt zu sein schien. Ihr strahlender Blick und ihr sonniges Lächeln verzauberten jeden, der ihr begegnete. Sie hatte ein liebevolles Herz, das von Anfang an seinen Weg kannte und Amilas Verhalten lenkte. Schönheit in jeder Form entzückte und bannte sie.

Sie saß oft im Garten und betrachtete lange eine Blume, einen blühenden Strauch oder einen Baum. Dabei war sie fast reglos und schien die Zeit und sich selbst zu vergessen.

»Es ist, als würde sie die Schönheit der Natur anbeten«, sagte ihr Vater Keno, ein Bildhauer, der mit seiner Frau Sina auf der Terrasse ihres abgeschiedenen Hauses saß und Amila beobachtete.

Amilas Mutter schüttelte unwillkürlich den Kopf. »Schon eine Viertelstunde sitzt sie im Gras und betrachtet die Blumen – mit verzücktem Gesicht. Einerseits bin ich glücklich über ihr Wesen, aber manchmal bekomme ich Angst, Angst um ihre Zukunft. Noch können wir sie beschützen, aber wie wird es sein, wenn sie nächste Woche zur Schule gehen muß? Wie soll sie bestehen mit ihrer sanften Seele, mit ihrem liebevollen Herzen, in der harten Welt der Schulkinder? Was uns an ihr verzaubert, kann den Neid oder das Unverständnis anderer Kinder erregen. Wie soll sie sich wehren, wenn sie gedemütigt oder angefeindet wird?«

Keno nahm Sinas Hand. »Ich teile dein Glück und auch deine Sorgen. Das Glück erfüllt mein Herz immer aufs neue mit großer Freude, und die Sorgen bereiten mir schlaflose Stunden, in denen ich an Amilas Bett sitze, ihr Gesicht betrachte und ihrem Atem lausche. Aber wir können und konnten nichts anderes tun, als ihr all unsere Liebe zu geben. Sie kommt mir manchmal vor wie ein Engel in Menschengestalt. Bisweilen will ich ihr etwas erklären und stelle fest, daß sie es schon weiß. So seltsam es klingen mag: Ich habe das Gefühl, daß die Seele unserer kleinen Tochter mehr Weisheit in sich trägt als meine eigene, und daß ich sie nichts Wesentliches lehren kann, weil sie es schon gelernt hat – auch wenn ich nicht weiß, wie und wann.«

Sina nickte. »Ja, mir geht es genauso. Alle Kinder stellen ihren Eltern Fragen. Amila fragt so gut wie nie. Von Zeit zu Zeit habe ich den Eindruck, daß ich sie etwas fragen möchte, daß ich manches von ihr lernen könnte. Warum hat uns das Schicksal einen solchen Engel anvertraut?«

»Damit wir Amila davor beschützen, daß die Welt ihre Flügel bricht.«

Sina seufzte. »Wir werden nicht immer bei ihr sein können. In der Schule wird sie täglich mit anderen Kindern zusammen sein. Du weißt, wie rücksichtslos Schulkinder miteinander umgehen können. Sie wird einen Lehrer haben, für den sie nur eine von vielen Schülerinnen ist. Sie wird auf Menschen treffen, die ihre zarte Seele verletzen können.«

»Ja«, brach Keno das beklommene Schweigen, das nach den Worten seiner Frau entstanden war, »aber noch ist es nicht so weit. Wir müssen versuchen, ihr durch unsere Liebe die Kraft zu geben, in der Schule zu bestehen, ohne ihren inneren Reichtum zu verlieren. Sieh nur, sie sitzt noch immer vor dem Blumenbeet. Sie liebt Blumen über alles! Hast du sie jemals eine Blume pflücken sehen?«

Sina schüttelte den Kopf.

»Alle Kinder hier im Dorf pflücken Blumensträuße und bringen sie ihren Eltern«, sagte Keno.

»Ich bin glücklich darüber, daß Amila es nicht tut. Sie würde nie etwas zerstören, das sie liebt. Ich glaube, sie ist unfähig, überhaupt etwas zu zerstören. Sie ist ein junges Mädchen, aber sie hat die Weisheit einer alten Seele. Manchmal sagt sie Dinge, die ein anderes Kind in ihrem Alter nie erkennen, geschweige denn aussprechen würde. Und ich bin beglückt und gleichzeitig verwirrt.«

»Mir geht es genauso. Sieh nur, Sina, ein bunter Schmetterling hat sich direkt vor ihr auf eine Blume gesetzt!«

Amila betrachtete den wunderschönen Falter. Sie atmete so vorsichtig wie möglich, um ihn nicht zu verscheuchen. Die bunten Farben seiner zarten Flügel ließen ihr Herz vor Entzücken höher schlagen. Sie fühlte sich glücklich und nahm ihren bewundernden Blick nicht von dem Falter, bis ein Vogel ihn verjagte, der ganz nah an ihr vorbeigeflogen war.

Wie wunderschön war das Leben im Garten! Die Schmetterlinge, die Vögel, die vielen bunten Blumen, die blühenden Sträucher und die lieben Bäume! Alle waren sie ihre Freunde, alle hatten einen Platz in ihrem Leben, zu allen sprach sie mit ihrem Herzen und fühlte, daß sie ihr antworteten.

Amila spürte, daß all ihre Freunde zwar getrennt voneinander zu leben schienen, aber tief miteinander in geheimnisvoller Einheit verbunden waren. Die Tiere, die Pflanzen und Bäume waren Teile eines unsichtbaren Ganzen, wie Amila selbst. Und dieses allumfassende Ganze war von einer wunderbaren Schönheit und Weisheit beseelt.

So empfand Amila es, auch wenn sie noch nicht die Worte kannte, die ihr Empfinden ausdrücken konnten. Sie zeigte es den Blumen mit ihrem Lächeln, sie offenbarte es den Schmetterlingen und Vögeln mit ihrem Entzücken, sie schenkte es den Bäumen im Garten mit ihren Umarmungen.

»Schau!« sagte Keno zu Sina, »sie ist aufgestanden und umarmt wieder einen Baum! Siehst du den tiefen Frieden in ihrem Gesicht? Was für ein wundervolles Mädchen!«

Sina lächelte, aber ihr Lächeln konnte nur für kurze Zeit die Sorgen vertreiben, die sie sich um Amilas Zukunft machte. Ängste und dunkle Vorahnungen trübten in letzter Zeit immer wieder ihr Gemüt.

Ihre Tochter lebte glücklich in ihrer Welt voller Liebe und Schönheit, aber Sina hatte Angst vor dem Tag, an dem Amila erkennen würde, daß es noch eine andere Welt gab, in der die meisten Menschen lebten. Sie fürchtete, daß alle Liebe, die Keno und sie ihr schenkten, nicht ausreichte, um sie vor dem Sturm zu schützen, der durch ihre Seele tosen würde, wenn sie zum ersten Mal die Kälte und Härte der Welt erfahren würde.

»Wir wohnen in einem abgelegenen Haus auf dem

Land. Wir leben in einer friedlichen, sicheren Welt. Wir schließen die Tür unseres Hauses nicht ab. Von der nächsten Woche an muß Amila jeden Morgen in die Schule der Stadt gehen, in der die Menschen die Türen ihrer Häuser verriegeln – und viele auch die Türen ihrer Herzen. Sie wird Stunden um Stunden mit Kindern verbringen, die von ihren Eltern zu wenig oder vielleicht sogar gar keine Liebe bekommen haben. Wir sollten Amila darauf vorbereiten.«

»Das habe ich mir auch schon oft gesagt«, gab Keno zur Antwort, »aber ich weiß nicht, wie wir es tun sollen, welche Worte wir wählen müssen. Amila bricht ja schon fast in Tränen aus, wenn sie sieht, daß ein anderes Kind einen Blumenstrauß pflückt. Sollen wir ihr erklären, daß es in der Stadt Kinder gibt, die Katzen und Hunde quälen, daß es Jungen gibt, die sich prügeln und treten? Daß es Mädchen gibt, die sich gegenseitig kratzen, beißen und an den Haaren ziehen? Wir könnten damit die Reinheit ihrer Seele trüben. Ich fürchte, ich würde es nicht übers Herz bringen.«

»Aber wenn das Verhalten der Kinder in der Stadt sie bestürzt und entsetzt, wird sie uns zu Recht fragen, warum wir sie nicht gewarnt haben«, gab Sina zu bedenken.

Keno seufzte tief. »Ja, aber sie ist kein gewöhnliches Kind, und das macht unsere Aufgabe so schwierig.«

»Wir müssen es versuchen, Keno. Manche Schulkinder werden Amila nicht verstehen, ihr wundervolles Wesen nicht erkennen. Sie werden sie verspotten und für verrückt erklären, wenn sie einen Baum im Schulhof umarmt. Sie werden sie demütigen, wenn sie feststellen, daß sie keiner Fliege etwas zuleide tun kann. Wir müssen behutsam sein, wenn wir ihr erklären, was sie an der Schule erwartet, um ihre zarte Seele nicht zu erschrecken. Laß es uns jetzt tun, wir haben es schon zu lange aufgeschoben!«

Keno überlegte eine Weile und nickte schließlich seiner Frau zu. Hand in Hand gingen die beiden zu ihrer Tochter, die inzwischen auf dem Rücken im Gras lag und in den Himmel schaute.

Amila schenkte ihnen ihr sonniges Lächeln. »Die Wolken erzählen mir wieder wunderschöne Geschichten.«

»Oh, wie schön. Und was sagen sie dir?« fragte Keno.

»Sie erzählen von ihren Reisen, von der Kälte des Windes und von der Wärme der Sonne. Ich wollte, ich könnte am Himmel schweben wie sie. Das muß wunderschön sein! Manchmal nachts, wenn ich träume, fliege ich wie sie. Meine Arme sind dann meine Flügel. Ich sehe auf das Dach unseres Hauses hinunter und spiele mit dem Wind. Träumt ihr auch manchmal, daß ihr fliegt?«

Amilas Eltern schüttelten fast gleichzeitig die Köpfe.

»Amila – wir möchten mit dir über die Schule reden. In einer Woche ist ja schon dein erster Schultag«, sagte Sina und versteckte ihr Unbehagen hinter einem Lächeln.

Amila verzog den Mund. »Ich denke nicht gern an die Schule. Ich glaube, es wird mir dort nicht gefallen.«

»Bestimmt wird es dir gefallen«, kam Keno seiner Frau zu Hilfe. »Du wirst mit Kindern in deinem Alter zusammen sein und bestimmt bald gute Freunde finden.«

»Ich habe schon gute Freunde.« Amila lächelte. »Das Gras, die Blumen, die Schmetterlinge, die Eichhörnchen, die Bäume, die Vögel, die Wolken – alle sind sie meine Freunde. Lernen die Kinder an der Schule, wie glücklich ein Baum ist, wenn man ihn umarmt? Und daß die Blumen zurücklächeln, wenn man sie anlächelt? Und lernen sie auch, daß die Wolken Geschichten erzählen, wenn man ganz still ist und ihnen gut zuhört?«

»Nein, so etwas lernen sie nicht. Und du solltest den Kindern dort am besten nichts davon erzählen«, sagte Sina.

Amila sah ihre Mutter überrascht an. »Warum nicht?«

»Nun, sie würden dich vielleicht nicht verstehen und für etwas seltsam halten. Und das wäre nicht gut für dich. Weißt du, wenn Kinder merken, daß ein Kind anders ist als sie, fühlen sie sich unsicher, und ihre Unsicherheit macht sie dann unfreundlich.«

»Aber ihr habt mir doch immer gesagt, daß ich die Wahrheit sagen soll! Und es ist wahr, daß die Wolken wunderschöne Geschichten erzählen und daß die Blumen zurücklächeln und daß jeder Baum glücklich ist, wenn er umarmt wird. Und ich bin es dann auch.«

»Für dich ist es die Wahrheit, Amila«, sagte Keno,

»aber die anderen Kinder würden dich wahrscheinlich auslachen, weil sie dich nicht verstehen.«

Amilas Gesicht wurde ernst. »Wozu ist die Schule denn dann gut, wenn ich dort nicht die Wahrheit sagen darf?«

»Sie ist nützlich«, erklärte Sina. »Du lernst dort viele Dinge, die du gut gebrauchen kannst, wenn du ein großes Mädchen bist. Du lernst die Namen der Blumen, Schmetterlinge und Bäume, die du so liebst. Du lernst, wie die Wolken entstehen.«

Amila schüttelte unwillig den Kopf. »Das ist doch unwichtig. Ich brauche nicht zu wissen, wie meine Freunde heißen. Es genügt doch, daß ich sie liebe.«

Ihre Eltern sahen sich ratlos an.

»Du wirst an der Schule lesen und schreiben lernen, und dann kannst du verstehen, was in Büchern steht und kannst auch deine eigenen Gedanken aufschreiben«, sagte Keno.

»Ach, so ein Buch ist doch nur Papier, und wozu soll ich meine Gedanken aufschreiben? Es reicht doch, wenn ich sie habe.«

Keno warf Sina einen hilflosen Blick zu.

»Versuch es doch wenigstens einmal, Amila, zumindest für ein paar Wochen«, bat Sina ihre Tochter. »Am Anfang wird dir alles ein bißchen fremd vorkommen, doch mit der Zeit wirst du dich schon daran gewöhnen. Sei freundlich zu deinem Lehrer und versuche, gut mit allen Kindern in deiner Klasse auszukommen, auch wenn einige vielleicht nicht nett zu dir sind. Dann wird es schon gehen.«

»Weißt du«, sagte Keno schweren Herzens, »Kinder können manchmal etwas gemein sein, und auch nicht jeder Lehrer ist gütig. Deshalb solltest du freundlich zu allen sein, das wird sie für dich einnehmen.«

Amila schüttelte sich, als würde sie frieren, senkte den Kopf und betrachtete die Gänseblümchen im Gras.

»Aber es gibt auch gutmütige Lehrer und liebe Kinder«, ergänzte Keno schnell. »Vielleicht macht dir die Schule mehr Spaß, als du glaubst.«

»Aber die Wahrheit soll ich dort nicht sagen?«

»Wenn du zu Hause bei uns bist, sollst du sie sagen. Aber in der Schule behältst du sie besser für dich. Das heißt ja nicht, daß du lügen sollst«, erklärte Sina.

Eine Weile saß Amila bewegungslos und starrte ins Gras. Schließlich hob sie ruckartig ihren Kopf und sagte mit ungewohnter Bestimmtheit: »Ich möchte nicht in die Schule gehen!«

Sina und Keno schwiegen einen Augenblick nachdenklich.

»Du mußt zur Schule gehen, wie alle Kinder in deinem Alter«, erklärte Sina sanft, »so will es das Gesetz.«

»Was ist das Gesetz?«

»Es schreibt uns Menschen vor, was wir tun müssen und was wir nicht tun dürfen«, gab Keno zur Antwort. »Wenn wir dich nicht zur Schule schicken, kommen strenge Männer und holen dich ab. Und wenn wir uns weiterhin weigern, bringen die Männer dich nicht mehr zu uns zurück. Wir wollen es nicht so, aber das Gesetz will es, und das Gesetz ist stärker als wir.«

»Das Gesetz ist stärker als ihr?«

Keno sah die große Enttäuschung in Amilas Augen und senkte traurig den Blick. »Ja, mein Mädchen, es ist stärker. Wir alle müssen ihm gehorchen, nicht nur deine Mutter und ich. Es verpflichtet alle Eltern, ihre Kinder in die Schule zu schicken, wenn sie ein gewisses Alter erreicht haben. Dein Alter.«

»Warum gibt es das Gesetz?«

»Um das Zusammenleben der Menschen zu ordnen, damit kein heilloses Durcheinander entsteht«, erklärte Sina. »Schau, Amila, du wirst ja nicht den ganzen Tag in der Schule sein. Am frühen Nachmittag bist du schon wieder zu Hause, bei uns.«

»Wer hat das Gesetz gemacht?«

»Menschen, die erkannt haben, daß wir alle gewisse Regeln befolgen müssen, damit unser Zusammenleben friedlich und gerecht ist.«

»Ihr liebt mich doch?« fragte Amila und sah erst ihren Vater und ihre Mutter mit einem verwirrten Blick an, der ihnen in der Seele weh tat.

»Natürlich lieben wir dich, aus ganzem Herzen. Du bist unser größter Schatz«, sagte Sina.

»Also ist das Gesetz auch stärker als die Liebe?«

Keno seufzte. »Ja, Amila. Es ist stärker als die Liebe, weil die Liebe in der Welt nicht ausreicht, um den Menschen den rechten Weg zu weisen.«

Amila preßte ihre Lippen aufeinander. Auf ihrer Stirn erschien eine steile Falte, die ihre Eltern noch nie an ihr gesehen hatten. Es schien, als würde sie gleich in Tränen ausbrechen, doch dann blickte sie zum Himmel hoch und sagte zur Erleichterung ihrer Eltern nach einer Weile: »Ich werde es versuchen.«

Schließlich kam der erste Schultag.

Amilas Gesicht war blaß, als sie im Morgengrauen in die Pferdekutsche stieg, die sie und vier andere Kinder aus dem Dorf in die Stadt zur Schule brachte.

Ihr Gesicht war zum Kummer ihrer Eltern noch blasser, als sie am frühen Nachmittag wieder zu Hause abgesetzt wurde. Sie wirkte verstört und verschreckt.

»Was ist geschehen?« fragte Keno sie.

»In der großen Pause haben zwei Jungen aus meiner Klasse einen Regenwurm gefunden und mit einem Messer in der Mitte zerschnitten. Danach haben sie die beiden Hälften des armen Wurms noch einmal zerteilt. Dabei haben sie auch noch laut gelacht. Dann hat einer von ihnen eine Fliege gefangen und ihr die Flügel ausgerissen. Sie haben die Fliege eine Weile auf dem Boden laufen lassen, und dann hat der andere Junge sie mit seinem Schuh zerquetscht. Warum tun sie so etwas?«

Sina und Keno blickten sich betroffen an.

»Weißt du, Amila«, sagte Sina, kniete sich nieder und berührte ihre Tochter zärtlich an den Oberarmen, »diese Jungen wissen nicht, was sie tun. Sie sind nicht so böse und grausam, wie es dir vielleicht erscheint. Sie glauben bestimmt, daß Regenwürmer und Fliegen keine Schmerzen empfinden. Wahrscheinlich denken sie sich überhaupt nichts dabei. Wenn so etwas wieder passiert, sieh einfach nicht hin!«

Amila senkte den Kopf und schien nachzudenken. Schließlich sah sie abrupt auf und sagte: »Diese Jungen sind böse und grausam. Ich habe es gespürt. Hier!« Und dann führte sie ihre Hand zu ihrem Herzen.

Sina biß sich auf die Lippe und sah Keno ratsuchend an.

»Du wirst dich mit der Zeit schon daran gewöhnen, daß manche Kinder anders sind als du«, sagte er zu seiner Tochter. »Es wird ein wenig dauern, aber dann wird es schon gehen. Weißt du, aller Anfang ist schwer.«

Am folgenden Tag kam Amila mit einem so traurigen Gesichtsausdruck aus der Schule zurück, daß ihre Eltern erschreckte Blicke tauschten. Diesmal ließ sie sich erst nach längerem Zureden dazu bewegen zu erzählen, was sie so bekümmert hatte.

»Zwei Jungen haben sich auf dem Schulhof geprügelt. Sie sind mit geballten Fäusten und Haß in den Augen aufeinander losgegangen und haben sich so lange geschlagen und getreten, bis einer von ihnen mit blutender Nase auf dem Boden lag. Die meisten anderen Kinder haben einen Kreis um sie gebildet und sie dabei noch angefeuert, anstatt sich zwischen sie zu stellen und sie auseinanderzubringen. Schließlich kam ein Lehrer und begann zu schimpfen, aber dafür war es längst zu spät. Warum tun diese Jungen so etwas? Ich kann das nicht verstehen, und es tut mir weh, sehr weh.«

Amila begann zu weinen.

Keno kniete sich zu ihr nieder und umarmte sie, bis ihr Weinen zu einem Schluchzen wurde und schließlich verebbte. »Wenn diese Jungen sich wieder prügeln, drehe dich sofort um«, flüsterte er seiner Tochter ins Ohr, »und gehe weg, laufe zu einem anderen Teil des Schulhofs und sieh einfach nicht hin. Versprichst du mir das?«

»Ich will es versuchen«, antwortete Amila mit schwacher Stimme.

Kenos und Sinas Hoffnung, daß Amila am dritten Schultag mit dem heiteren, sorglosen Blick zurückkommen würde, den sie so sehr an ihr liebten, erwies sich als vergeblich.

»Wie ist es dir heute ergangen?« fragte Sina ihre Tochter.

»Alles ist so kalt in der Schule. Mein Herz friert. Ich will nicht mehr dorthin fahren! Bitte laßt mich bei euch bleiben!« flehte das Mädchen seine Eltern an.

»Du weißt, daß du zur Schule gehen mußt. Hab einfach noch ein wenig Geduld«, sagte Keno schweren Herzens.

Als Amila am nächsten Nachmittag mit betrübtem Blick aus der Schule zurückkehrte, sprach sie kein Wort, wich den Blicken ihrer Eltern aus, rührte ihr Essen nicht an und ging in den Garten, wo sie lange reglos im Gras lag und in den Himmel schaute.

Keno, der zu ihr ging, um sie zu fragen, wie ihr Schultag verlaufen war, erhielt zum ersten Mal in seinem Leben keine Antwort von ihr und ging bedrückt ins Haus zurück. Auf seine Seele legte sich die

Last der Ahnung, daß etwas Schreckliches seinen Lauf nahm, das weder er noch seine Frau aufhalten konnten.

An den nächsten beiden Tagen stieg Amila mit ängstlichen Augen in die Pferdekutsche, die sie zur Schule brachte, und jedes Mal brach ihr trauriger Gesichtsausdruck bei ihrer Heimkehr ihren Eltern fast das Herz. Mehr denn je versuchten sie, Amila all ihre Liebe und Wärme zu geben, aber immer mehr bekamen sie das Gefühl, daß sie ihre Tochter nicht mehr erreichten, als würde eine wachsende unsichtbare Mauer sie von ihr trennen. Selbst die behutsamsten Fragen nach dem Grund ihrer Traurigkeit beantwortete Amila nicht mehr. Sie schüttelte nur matt den Kopf und schloß die Augen.

In ihrer zweiten Woche als Schülerin ging Amila nicht einmal mehr in ihren geliebten Garten, wenn sie nach Hause zurückkam, sondern zog sich in ihr Zimmer zurück, verdunkelte das Fenster und weigerte sich, mit ihren Eltern zu sprechen, die in ihrer Verzweiflung keinen Rat mehr wußten. Sie aß und trank kaum noch und hatte ihr engelhaftes Lächeln verloren.

Die Sorgen ihrer Eltern wuchsen von Tag zu Tag.

Am Ende dieser zweiten Woche ritt Keno in die Stadt, um Amilas Lehrer einen Besuch abzustatten, doch das Schicksal wollte, daß er ihn nicht antraf. Bekümmert kehrte er ins Dorf zurück und nahm sich vor, so bald wie möglich wieder zu versuchen, ein Gespräch mit Amilas Lehrer zu führen.

Am Abend darauf bekam Amila zum Schrecken ihrer Eltern urplötzlich hohes Fieber.

Während Keno sorgenvoll in die Stadt ritt, um den Arzt zu holen, sprach sie unverhofft zu ihrer Mutter, die angsterfüllt an ihrem Bett saß und ihre Hand hielt.

Amila sah sie mit einem Blick an, der Sina Tränen in die Augen trieb, und sagte mit schwacher Stimme: »Siehst du den Engel neben dir? Er holt mich ab und bringt mich nach Hause.«

Sina sah erschrocken zur Seite, sah aber nichts und sagte sich, daß ihre Tochter im Fieber Trugbilder erblickte und sicherlich bald wieder gesund sein würde.

Aber noch bevor ihr Mann mit dem Arzt zurückkehrte, schloß Amila für immer ihre Augen.

Auf dem Friedhof eines abgelegenen Dorfes gibt es schon seit fast hundert Jahren ein Grab, das von der Marmorstatue eines jungen Mädchens geschmückt wird – eine Statue von einer solchen Schönheit, daß niemand sie betrachten kann, ohne von ihrem Zauber gebannt zu sein.

Auf ihrem Sockel steht geschrieben: »Hier ruht der Körper eines wundervollen Mädchens mit dem Herzen eines Engels. Ihre zarte Seele war eine Fremde in dieser Welt und ist in ihre Heimat zurückgekehrt.«

Die Hand des Schicksals

Maika, die einzige Tochter eines reichen Juweliers, galt als eines der schönsten Mädchen der Stadt. Sie war eine lebensfrohe, kluge und mutige junge Frau, die schon früh begonnen hatte, der Stimme ihres Herzens zu folgen.

Als sie ins heiratsfähige Alter gekommen war, verging kaum ein Monat, in dem nicht ein Verehrer sich bei ihrem Vater um ihre Hand bewarb. Nach seinen gestrengen Maßstäben war keiner der Bewerber gut genug für sie, selbst wenn er aus bestem Hause stammte, über die gepflegtesten Manieren verfügte und seiner Tochter eine sorgenfreie Zukunft in Wohlstand und hohem gesellschaftlichem Ansehen bieten konnte.

Maika war es recht so, denn keiner ihrer Verehrer hatte bislang die überwältigende Freude und das strahlende Glück in ihrer Seele hervorrufen können, das sie sich von der wahren Liebe erhoffte.

Der eine hatte ein angenehmes Gesicht, der andere eine wohlklingende Stimme, ein weiterer glänzte durch Bildung und Redekunst, doch kein einziger der Bewerber um ihre Gunst konnte in Maika den Wunsch erwecken, ihm ihr Herz zu öffnen – geschweige denn, ihr Leben mit ihm zu verbringen.

Alles änderte sich zwei Tage vor ihrem neunzehnten Geburtstag, als sie mit Losama, der Haushälterin der Familie, den großen Wochenmarkt besuchte, um Früchte, Gemüse, Nüsse und Süßigkeiten für die geplante Geburtstagsfeier einzukaufen.

Maika hatte gerade eine Tüte mit Walnüssen erstanden und in ihre Umhängetasche gelegt. Sie wandte sich zur Seite, um sich einen Weg durch die Vielzahl der Marktbesucher zu bahnen, als plötzlich ein junger Mann vor ihr stand und sie aus klaren blauen Augen ansah.

Mit einem Schlag verschwand das bunte, betriebsame Geschehen um sie herum, und es gab nichts mehr auf der Welt als diesen Blick aus den strahlenden Augen des Fremden, die bis ins Innerste ihres Herzens zu sehen schienen – bis eine füllige Frau den jungen Mann versehentlich, aber so heftig von hinten anstieß, daß er sein Gleichgewicht verlor und Maika in die Arme taumelte.

Als sie seinen Körper an ihrem spürte, erfaßte ein wunderbares Glücksgefühl ihr ganzes Wesen, und sie erkannte blitzartig, daß dieser Fremde, den das Schicksal ihr geschickt hatte, der erste Mann war, dem sie ihr Herz öffnen und ihre Liebe schenken wollte – nein, mußte!

»Junger Mann!« hörte sie Losamas empörte Stimme, wie aus einer anderen Welt, »was fällt Ihnen ein?«

Maika löste sich aus der unfreiwilligen Umarmung, die ihr Leben verändert hatte.

»Beruhige dich, Losama! Hast du denn nicht gesehen, daß er in meine Arme gestoßen wurde?«

»Ja, das habe ich«, entgegnete sie, »aber ist er nicht ein bißchen länger dort geblieben, als es nötig gewesen wäre?«

Der junge Mann schien die Worte, die Maika mit ihrer Begleiterin gewechselt hatte, gar nicht gehört zu haben und schaute unverwandt wie verzaubert in ihre Augen. Schließlich sagte er so leise, daß nur sie es verstehen konnte: »Ich fühle mich wie in einem Traum, aus dem ich nie mehr erwachen möchte.«

»Maika, wir haben noch einiges zu besorgen«, mahnte Losama.

»Geh ruhig schon zum nächsten Stand! Ich komme gleich nach.«

Die Haushälterin erfüllte ihren Wunsch, nicht ohne vorher dem jungen Mann einen nachdenklichen Blick zuzuwerfen.

»Ich empfinde so wie du«, gestand sie ihm, als Losama weitergegangen war. »Mir ist, als würde ich träumen – und zugleich, als wäre ich erwacht.« Aus den Augenwinkeln sah sie, daß Losama sie beobachtete. »Wir können jetzt nicht länger zusammenbleiben. Mein Vater hat mir verboten, mit Fremden zu sprechen. Komm heute bei Sonnenuntergang in den Park! Dort werde ich auf dich warten, bei der Statue des Engels.«

Der junge Mann nickte mit einem strahlenden Lächeln, wandte sich um und wurde vom Strom der Marktbesucher aufgesogen.

Maika blickte ihm nach, bis sie ihn aus den Augen verlor. Dann ging sie zu Losama und fragte sie: »Kennst du diesen Mann?«

Die Haushälterin schüttelte den Kopf. »Ich habe ihn noch nie gesehen. Seiner Kleidung nach zu urteilen, lebt er in bescheidenen Verhältnissen. Also schlage ihn dir aus dem Kopf, dein Vater würde ihn nicht einmal über die Schwelle seiner Haustür lassen.«

»Wie schlägt man sich einen Mann aus dem Kopf, Losama?«

»Indem man nicht mehr an ihn denkt.«

»Und wie schlägt man sich einen Mann aus der Seele?«

Auf diese Frage wußte die Haushälterin keine Antwort.

»Sage meinem Vater bitte nichts von dem, was eben geschehen ist! Du weißt, wie sehr er um mich besorgt ist, und deshalb sollten wir ihn nicht unnötig beunruhigen. Versprichst du es mir?«

Losama nickte nach kurzem Zögern. »Du hast mein Wort!«

»Wie war es auf dem Markt?« fragte Kumo seine Tochter beim Mittagessen.

»Wie immer – laut und voller Leben.«

Ihr Vater betrachtete sie voller Stolz. Wie schnell doch aus seinem kleinen Mädchen eine junge Frau geworden war, deren Schönheit und Anmut ihn täglich aufs neue erfreute!

In den seltenen stillen Momenten, die sein geschäftiges Leben ihm ließ, war ihm bewußt geworden, daß er – nach dem drei Jahre zurückliegenden Tod seiner Frau – im Grunde nur noch für Maika lebte, für ihr Wohlergehen und ihre Zukunft.

Doch gestanden hatte er ihr dies nie, und trotz seiner Freude an ihr verbrachte er den allergrößten Teil seiner Zeit mit der Pflege und dem Ausbau seiner geschäftlichen Beziehungen, anstatt mit seiner Tochter, die in seiner Haushälterin Losama einen Mutterersatz gefunden hatte – soweit sich eine Mutter überhaupt ersetzen ließ.

Kumo hatte nach dem Schicksalsschlag, der seine Frau aus seinem Leben gerissen hatte, trostlose Tage und schlaflose Nächte der Trauer und Angst verbracht, daß der plötzliche Tod ihrer Mutter Maika das Herz brechen würde – aber sie hatte den Verlust mit dem ihr eigenen Vertrauen in das Leben überwunden und ihm damit geholfen, auch seinen Schmerz in die Hoffnung zu verwandeln, daß alles, was geschah, so schmerzlich es auch sein mochte, einem höheren Sinn diente.

Manchmal fragte er sich, warum er sich nicht aus dem Geschäftsleben zurückzog und mehr Zeit mit Maika verbrachte, anstatt nach immer größerem Wohlstand zu streben, aber er schob diese Frage stets mit dem Gedanken beiseite, daß sein Reichtum eines Tages seiner Tochter gehören würde.

»Ich sehe dir an«, sagte er, »wie sehr du dich auf deinen Geburtstag freust.«

Maika gab ihm eine belanglose Antwort und verschwieg, daß es seit dem heutigen Morgen etwas gab, auf das sie sich wesentlich mehr freute als auf ihre Geburtstagsfeier: die Wiederbegegnung mit dem Mann, dessen Augen ihr bis auf den Grund der Seele geblickt hatten.

Am späten Nachmittag verabschiedete Maika sich von Losama unter dem Vorwand, ihre beste Freundin zu besuchen, um mit ihr über die Gestaltung der morgigen Geburtstagsfeier zu sprechen.

»Gut, aber bitte sei vor Einbruch der Dunkelheit wieder zurück, sonst wird dein Vater mir Vorwürfe machen, wenn er nach Hause kommt.«

Maika stöhnte. »Ich bin eine Frau, und er sieht mich immer noch als sein kleines Mädchen, das er vor den Gefahren der Welt schützen muß. Aber wie soll ich das Leben kennenlernen, wenn er mich ständig davor zurückhält?«

»Ich verstehe dich gut, Maika, doch du solltest auch ihm Verständnis entgegenbringen. Für jeden Vater ist es eine schwierige Zeit, wenn aus seiner kleinen Tochter eine junge Frau geworden ist, die ihr eigenes Leben führen will. Die Welt ist nun mal gefährlich, vor allem für das Kind eines reichen Mannes. Wir beide wissen, daß dein Vater in ständiger Angst davor lebt, daß du entführt werden könntest.«

»Es gibt keine Sicherheit im Leben«, erwiderte Maika, »der Tod meiner Mutter hat es mich auf bitterste Weise gelehrt. Ich kann und will mich nicht vor der Welt verstecken – sie mag gefährlich sein, aber sie ist auch wunderbar.«

Auf dem Weg zum Park hatte Maika – wie öfter in der letzten Zeit – das Gefühl, verfolgt zu werden. Sie schüttelte unwillig den Kopf über sich selbst. Anscheinend hatte ihr Vater sie schon mit seiner Angst angesteckt, die sie immer mehr als eine Fessel empfand.

Als sie den Parkeingang erreichte, fühlte sie mit jedem Schritt, der sie dem vereinbarten Treffpunkt näher brachte, ihr Herz vor Freude schneller schlagen. Was immer auch auf dem Marktplatz geschehen war – es hatte etwas ganz tief in ihr berührt und ins Leben gerufen, das so rein und stark war, daß keine Macht der Welt es gefährden konnte.

Dann sah sie ihn. Er saß unweit der Statue des Engels im Gras und sprang lächelnd auf, als er sie entdeckte.

Für eine Weile, die eine Ewigkeit anzudauern schien, standen sie sich wortlos gegenüber und ließen ihre Blicke tiefer und tiefer ineinander sinken. Im Zauber dieser Zeitlosigkeit empfand Maika die überwältigende Freude und das leuchtende Glück, das sie sich von der wahren Liebe erhofft hatte – und wußte endgültig, daß sie den Mann gefunden hatte, nach dem ihre Seele auf der Suche gewesen war.

Als sie ihn zärtlich und hingebungsvoll umarmte, war es ihr, als habe sie ihr Leben lang auf diesen magischen Augenblick gewartet. Sie spürte, daß ihr Geliebter dasselbe empfand, denn sie konnte in sein Herz schauen wie in ihr eigenes. Ihre Lippen fanden sich zu einem innigen Kuß, der ihre Körper erschauern, ihre Herzen jubilieren und ihre Seelen vor Glückseligkeit erstrahlen ließ.

Als Maika bei Einbruch der Dunkelheit ins Haus ihres Vaters zurückkehrte, war ihr bewußt, daß sie nie mehr die Frau sein würde, die sie gewesen war. Sie war eine Liebende geworden.

Morgen würde sie den Jahrestag ihrer Geburt feiern, doch heute erlebte sie ein Fest, das ihr wesentlich mehr bedeutete – den Geburtstag einer Liebe, die ihr wie ein Wunder erschien.

Nachdem am späten Abend des nächsten Tages die letzten ihrer Geburtstagsgäste sich verabschiedet hatten und Maika ins Arbeitszimmer ihres Vaters ging, um ihm eine gute Nacht zu wünschen, bat er sie mit ernster Miene, sich zu setzen.

»Ich habe dir etwas zu sagen, Maika, und wollte

damit bis zum Ende deiner Feier warten, um sie dir nicht zu verderben. Ich weiß, was gestern bei Sonnenuntergang im Park geschehen ist.«

Maika erschrak. »Was weißt du?«

»Daß du dich mit einem jungen Mann getroffen und ihn innig umarmt und geküßt hast«, sagte Kumo mit harter Stimme. »Ich bin traurig und enttäuscht, daß du es mir verheimlicht hast, und ich mache mir große Sorgen um dich. Dieser Mann ist arm wie eine Kirchenmaus, und es ist anzunehmen, daß er dein Vertrauen nur gewinnen will, um dich zu entführen und von mir ein hohes Lösegeld zu erpressen.«

Maika errötete vor Empörung. »Wie kannst du nur so etwas sagen?«

»Zu deiner Sicherheit und zu meiner Beruhigung habe ich schon vor geraumer Zeit einen Leibwächter beauftragt, sich bei deinen Gängen durch die Stadt unauffällig in deiner Nähe zu halten, um dir zu Hilfe eilen zu können, wenn du sie benötigst.«

Maika stand ruckartig auf. »Du läßt mich überwachen?«

»Die Welt ist schlecht, mein Kind, auch wenn du es noch nicht weißt. Der Mann, der sich in dein Herz eingeschlichen hat, ist eine große Gefahr für dich! Dein Leibwächter ist ihm bis zu seiner Wohnung gefolgt. Er lebt in einem Teil der Stadt, in dem die Frauen nach Einbruch der Dunkelheit kaum wagen, allein auf die Straße zu gehen. Du wirst ihn nie wiedersehen! Versprich mir das!«

»Das kann ich dir nicht versprechen – und will es auch nicht!«

»Dann verbiete ich dir, mein Haus zu verlassen!«

»Du willst mich einsperren?«

»Ja! Du läßt mir keine andere Wahl! Jeder liebende Vater würde so handeln. Du stehst bis auf weiteres unter Hausarrest!«

Maika sah ihrem Vater fassungslos in die Augen und erschrak über die Härte seines Blicks. In diesem Moment spürte sie, daß er ihre Liebe zu ihm für immer zerstört hatte. Um nicht vor seinen Augen in Tränen auszubrechen, wandte sie sich um und lief zur Tür.

»Verstehe mich doch! Ich will dich nicht verlieren«, rief er ihr nach.

»Du hast mich schon verloren«, flüsterte sie, eilte die Stufen zu ihrem Zimmer hoch und schloß sich ein.

Während sie der Traurigkeit freien Lauf ließ, die sie im Arbeitszimmer des Vaters zurückgehalten hatte, wurde ihr bewußt, daß ihr Geburtstag zugleich der Todestag ihres bisherigen Lebens war. Mit ihren Tränen nahm sie nicht nur Abschied von der Liebe zu ihrem Vater, sondern von ihrer Vergangenheit, die hinter ihrem Rücken wie eine morsche Holzbrücke in die Tiefe gestürzt war.

Ihre Zukunft gehörte einem Mann, dessen Namen sie nicht einmal kannte, aber dem sie vertrauensvoll bis ans Ende der Welt folgen würde – denn er war der Mensch, der ihre Seele wachgeküßt und ihrem Leben einen neuen, verheißungsvollen Sinn geschenkt hatte.

Beim Abschied hatte sie ihm versprochen, am nächsten Tag bei Sonnenuntergang wieder zur Statue des Engels zu kommen, und sie war fest entschlossen, ihr Wort zu halten.

Die Redensart, daß man erst weiß, was man hatte, wenn man es verloren hat, war ihr bekannt. Nun erkannte sie, daß man erst weiß, was man suchte, wenn man es gefunden hatte.

Als eine halbe Stunde später an ihre Zimmertür geklopft wurde, gab Maika keine Antwort, weil sie glaubte, daß es ihr Vater sei. Doch dann hörte sie Losamas gedämpfte Stimme: »Maika, kann ich zu dir kommen?«

Nach kurzem Zögern öffnete sie die Tür und ließ die Frau hinein, die in den letzten Jahren liebevoll und unermüdlich versucht hatte, die Leere auszufüllen, die durch den Tod der Mutter in Maikas Leben entstanden war. Losamas oft selbstlose, unbeirrbare Liebe hatte ihr geholfen, den Schmerz über den Verlust zu ertragen und schließlich als einen Teil ihres Schicksals anzunehmen.

»Was ist geschehen?« fragte Losama, setzte sich zu Maika aufs Bett und legte die Hand behutsam auf ihre Schulter. »Dein Vater ist außer sich. Er geht in seinem Zimmer auf und ab wie ein Raubtier in einem Käfig und ist nicht ansprechbar.«

»Er hat etwas in mir zerstört – unwiederbringlich«, antwortete Maika. »Ich empfinde nichts mehr für ihn. Ich habe das Gefühl, nun auch noch meinen Vater verloren zu haben.«

Losama warf ihr einen erschreckten Blick zu. »Hat

es mit dem jungen Mann zu tun, der dir auf dem Marktplatz begegnet ist?«

»Ja. Ich habe ihn gestern wieder getroffen. Ich liebe ihn. Seit ich ihn umarmt habe, weiß ich, was wirkliche Liebe ist. Und mein Vater will sie zerstören. Doch ich werde es ihm nicht erlauben.«

»Was hat er dir gesagt?«

»Er hat mich bespitzeln lassen und sieht in dem Mann, dem ich mein Herz geöffnet habe, einen Verbrecher, der mich entführen will. Er hat mir verboten, aus dem Haus zu gehen. Er sperrt mich ein, raubt mir meine Freiheit – im Namen väterlicher Liebe und Besorgnis!«

Losama erschrak. »Das hätte er nicht tun dürfen! Du bist kein Kind mehr.«

»Aber er hat es getan! Es ist das Ende des Lebens, wie ich es kannte. Seit heute ist für mich nichts mehr so, wie es früher war.«

Losama gab einen leisen Klagelaut von sich. »Versprich mir, daß du keine Dummheit begehen wirst!«

»Was ist eine Dummheit?«

»Eine unvernünftige Handlung.«

»Ist denn die Vernunft immer die wichtigste Grundlage einer Entscheidung?«

»Nein, nicht immer«, räumte Losama nach kurzem Nachdenken ein. »Manchmal ist es falsch, vernünftig zu sein. Manchmal muß das Herz entscheiden.«

»Ich danke dir für deine Worte, Losama. Du hast etwas in dir, was mein Vater niemals hatte und niemals haben wird. Ich danke dir für alles, was du mir in all den Jahren gegeben hast!«

Losama wischte sich die Tränen von den Wangen und umarmte Maika. »Ich liebe dich, Maika, und ich werde immer für dich da sein, wenn du mich brauchst. Und jetzt versuche zu schlafen! Ich werde mit deinem Vater reden, sobald er sich wieder beruhigt hat. Vielleicht kann ich ihn dazu bewegen, seinen Fehler einzusehen.«

»Du kennst ihn doch. Eher würde er auf einem Nagelbrett schlafen, als einen Fehler einzugestehen.«

»Ja, ich kenne ihn. Und deshalb hoffe ich, daß er sein Herz nicht verloren hat – er hat es womöglich nur verschlossen und den Schlüssel an einem Ort versteckt, an den er sich nicht mehr erinnern kann. Vielleicht kann ich ihn finden.«

»Ich fürchte, er hat den Schlüssel weggeworfen«, erwiderte Maika.

Losama stand auf und seufzte. »Schlaf gut, mein Mädchen«, sagte sie, strich ihr zärtlich über das Haar und wurde sich, kaum daß sie Maikas Zimmer verlassen hatte, der Hilflosigkeit ihrer Worte bewußt, denn Maika würde in dieser Nacht nicht gut schlafen.

Die Haushälterin hatte eine ungute Vorahnung, die sie aber mit der Hoffnung verdrängte, daß es ihr gelingen würde, Maika wieder mit ihrem Vater zu versöhnen.

Als Kumo am Abend des nächsten Tages aus seinem Geschäft in sein Haus zurückkehrte, fand er Losama weinend in der Küche vor.

Auf seine Frage, was geschehen sei, gab sie ihm statt einer Antwort einen Brief, auf dem sein Name stand. Kumo erkannte die Handschrift seiner Tochter, riß den Umschlag auf und las:

»Vater – Du hattest einmal eine Frau und eine

Tochter. Beide hast Du verloren, auf unterschiedliche Weise, und ich fürchte, daß Du auch noch deine Haushälterin verlieren wirst.

Was Dir bleiben wird, ist Dein Reichtum, der Dir schon immer mehr bedeutet hat als die Menschen, die Dich liebten. Vielleicht wirst Du eines Tages erkennen, daß Du ihm eine viel zu große Bedeutung zugemessen hast.

Ich verlasse Dich heute, weil Du das Wertvollste und Wunderbarste zerstören willst, das mir in meinem Leben begegnet ist. Ich weiß jetzt, daß Du mich nicht wirklich liebst, daß Du keinen Menschen aus ganzem Herzen lieben kannst – vielleicht nicht einmal Dich selbst.

Deine Angst davor, daß ich entführt werden könnte, erweist sich nun als begründet, wenn auch in anderer Weise, als Du Dir vorgestellt hast. Ich entführe mich selbst – in mein eigenes Leben. Nein – es ist die Hand des Schicksals, die mich entführt aus Deiner Obhut, die zu einem Gefängnis für mich geworden ist.

Falls Du nun wütend bist, lasse bitte Deinen Zorn nicht an Losama oder dem Leibwächter aus, dessen

Beobachtung ich mich entzogen habe! Ich weiß, daß Du gern einen Sündenbock suchst, wenn das Leben Deinem Willen nicht gehorcht. Blicke in den Spiegel, und Du hast den Schuldigen gefunden!

Falls Du die Wahrheit nicht erträgst, gib die Schuld dem Schicksal, gegen dessen Macht Dein kleiner Wille nichts ausrichten kann – oder gib sie der Liebe, denn Liebe ist ein anderes Wort für Schicksal. Du hast mich vor die Wahl gestellt, mein Leben in Freiheit oder hinter den Gittern Deiner Fürsorge zu führen. Ich habe mich für die Freiheit entschieden. Leb wohl!«

Auf der Suche nach dem Sinn

Schon als Kind brachte Almon seine Eltern durch die Tiefe und den Ernst seiner Fragen oft in Verlegenheit.

»Warum gibt es Arme und Reiche? Weshalb lügen die Menschen? Wieso umgeben sie sich mit unsichtbaren Mauern?«

Fragen, die darauf hindeuteten, daß in seinem jungen Körper eine reife Seele wohnte, die hinter die Kulissen des Offensichtlichen ins Herz des Lebens blicken wollte.

»Warum gibt es Krankheiten und den Tod? Wieso werden aus Freunden Feinde? Weshalb führen die Menschen Kriege?«

Auch seine Lehrer wußten nicht, wie sie seiner ungewöhnlichen Wißbegier begegnen sollten.

»So war es schon immer, und so wird es leider

wohl auch immer sein«, war die Antwort, die er am häufigsten hörte, doch sie genügte ihm ebensowenig wie alle anderen.

Enttäuscht von der Unfähigkeit seiner Eltern und Lehrer, ihm befriedigende Auskünfte auf die Fragen zu geben, die ihm auf der Seele lagen, begann er, in Büchern zu suchen, was er bei den Menschen nicht fand.

Und dort wurde er schließlich zum ersten Mal in seinem Leben fündig und begegnete Gedanken, die etwas tief in ihm berührten und Lichtstrahlen in das rätselhafte Dunkel des Lebens warfen.

Er schrieb all diese Gedanken in ein dickes Heft, in der Hoffnung, damit Mosaiksteine zu sammeln, die er vielleicht irgendwann zu einem Bild zusammenfügen könnte, das ihm die Lösung des Lebensrätsels offenbarte.

Als Almon ein junger Mann und Student der Philosophie geworden war, hatte er sein Schreibheft bis auf die letzte Seite mit strahlenden Erkenntnissen gefüllt, doch selbst ihr vereintes Licht genügte nicht, um die Finsternis zu erhellen, in der er sich gefangen fühlte.

Auch seine Hoffnung, an der Universität Weisheit

zu finden, stellte sich bald als vergeblich heraus. Hier, in den Vorlesungssälen und Seminarräumen, ging es nicht um die Suche nach Weisheit, sondern um die Vermittlung von Wissen, wie schon in der Schule, wenn auch auf höheren Ebenen.

Einer seiner Professoren, ein älterer Gelehrter namens Perigon, hatte etwas an sich, das ihn von den anderen Hochschullehrern unterschied. Er war, im Gegensatz zu ihnen, meistens unrasiert und nachlässig gekleidet und schien sich selbst nicht allzu ernst zu nehmen. Er wirkte bescheiden, war freundlich und hatte immer ein offenes Ohr für die Sorgen und Nöte seiner Studenten.

So entschloß sich Almon am Ende seines dritten Semesters, ihn um Hilfe zu bitten, denn er fühlte sich wie ein Reisender, der einen Abgrund erreicht hatte, über den keine Brücke führte.

»Vielleicht gibt es eine Brücke über diesen Abgrund, und du siehst sie nur noch nicht«, sagte Perigon, als er mit Almon durch den Park spazierte, der sich hinter den Universitätsgebäuden erstreckte. »Alles braucht seine Zeit. Die Augen der Seele öffnen sich, wenn du reif dafür bist.«

»Haben sich die Augen Ihrer Seele geöffnet?«

Der Professor schüttelte den Kopf. »Nein, ich sehe auch nicht mehr als die anderen. Ich tappe im dunkeln, wie alle hier, und wenn sie noch so gescheit daherreden und mit Fremdwörtern um sich werfen, und deshalb kann ich auch kein Licht in deine Seele bringen. Licht kann nur spenden, wer es in sich selbst gefunden hat. Ich habe lange danach gesucht, aber meine Mühen sind nicht belohnt worden. Wer dem Leben auf den Grund tauchen will, muß damit rechnen, daß ihm auf halbem Weg die Luft ausgeht.«

Almon konnte seine Enttäuschung nicht verbergen. »Mehr können Sie mir nicht sagen?«

»Bedauerlicherweise«, erwiderte Perigon, »mehr weiß ich nicht, aber wenn du aus ganzem Herzen das wahre Gesicht des Lebens erkennen willst, solltest du deine Zeit nicht länger in Hörsälen und Bibliotheken verschwenden. Das Dasein selbst, nicht das Gerede darüber, ist die Universität, die du besuchen mußt! Mach dich auf die Reise ins Ungewisse, sammle Erlebnisse, stelle dich den Unwägbarkeiten des Lebens! Gib alle Sicherheiten auf, lebe für den Augenblick! Wärst du dazu bereit?«

»Ja«, antwortete Almon ohne Zögern.

»Ich ziehe meinen Hut vor dir – du bist ein wahrhaft Suchender. Hier an der Hochschule reden alle unentwegt über die Suche, aber niemand bricht auf, um zu finden. Du bist anders. Du suchst die Weisheit nicht mit dem Verstand, sondern mit Herz und Seele. Das ist der richtige, der einzig mögliche Weg zur höchsten Erkenntnis, und wer ihn geht, wird nicht von Büchern, Professoren und Prüfungsordnungen geleitet, sondern allein von seiner Sehnsucht nach Einsicht. Es ist kein leichter und kein kurzer Weg.«

»Ich werde ihn gehen.«

Perigon nickte, als hätte er keine andere Antwort erwartet. »Wir beide wissen, daß es nicht gerade die Aufgabe eines Professors ist, einem seiner begabtesten Studenten zu raten, sein Studium aufzugeben. Aber wir wissen auch, daß du hier am falschen Platz bist. Du mußt dich an der Universität des Lebens einschreiben, mit deinem Herzblut! Nur dort kannst du ein wahrer Magister werden, ein Meister der Weisheit, der sein Wissen nicht aus verstaubten Schriften bezieht, sondern immer aufs neue aus seiner eigenen Seele.«

Almon wußte, daß Perigon recht hatte, und er war ihm dankbar für seine klaren Worte, auch wenn sie ihm nicht die Angst vor den Gefahren nehmen konnten, die auf dem Weg lauerten, der ihm vorherbestimmt war.

Als hätte Perigon seine Gedanken gelesen, sagte er: »Die philosophische Fakultät ist ein botanischer Garten, in dem versucht wird, das Leben zu verstehen, ohne es zu erleben. Sie gleicht einem Menschen, der die Kunst des Reitens zu erlernen versucht, ohne sich jemals auf den Rücken eines Pferdes zu wagen. Das Gedankengut toter Männer endlos wiederkäuend, betrachtet und analysiert sie das Leben aus sicherer Entfernung, aber hat nicht den Mut, nicht die Leidenschaft, sich in die Tiefe seiner Ungewißheiten fallenzulassen – was der einzige Weg ist, es wirklich zu verstehen. Das Leben ist kein gepflegter botanischer Garten, es ist ein wilder Dschungel voller Gefahren und Tücken, aber auch voller Möglichkeiten und glücklicher Fügungen. Darum sei wachsam auf deinem Weg, aber nicht ängstlich, denn die Angst ist eine der größten Feindinnen dessen, der echte Erkenntnis sucht. Und sei neugierig! Frage die

Menschen, wofür sie leben. Du wirst die widersprüchlichsten Antworten bekommen, doch in jeder kann ein Wegweiser für dich verborgen sein.«

»Ich danke Ihnen, Perigon. Sie sprechen mir aus der Seele und ermutigen mich, meiner inneren Stimme zu folgen.«

Der Professor nickte bedächtig. »Du wirst auf deiner Reise ins Herz des Lebens vielen Menschen begegnen, und von jedem kannst du etwas lernen, denn im Grunde ist jeder auf der Suche nach dem Sinn, auch wenn die meisten es nicht wissen. Wenn du Glück hast, werden unter ihnen manche sein, die dein Gemüt erwärmen, dein Leben bereichern und dir helfen, deinen Weg mit neuer Kraft weiterzugehen. Aber dein Ziel mußt du ganz allein finden. Niemand kann dich zu ihm führen, außer deiner eigenen Seele. Aber du wirst Wegweiser entdecken, die dir die Richtung zeigen. Deshalb halte immer die Augen auf, nicht nur die in deinem Kopf. Auch das Herz hat Augen, und nur was sie erkennen, wird deine Sehnsucht stillen.«

»Ich sehne mich nach tiefer, befreiender Einsicht, aber vielleicht suche ich ja noch mehr?«

»Es ist gut, daß du nicht genau weißt, was du suchst, denn eine feste Vorstellung deines Ziels würde dich nur von deinem Weg abbringen. Du ersehnst etwas, das über deine Vorstellungskraft hinausgeht.«

»Ja«, gab Almon seinem Professor recht. »Ich suche etwas Wunderbares, das mich verwandeln wird. Aber ich weiß nicht im geringsten, was es ist. Vielleicht suche ich etwas, das es gar nicht gibt?«

Perigon schmunzelte. »Selbst wenn es so wäre – du würdest es mit der Innigkeit deiner Sehnsucht ins Leben rufen! Ich wünsche dir Glück auf deinem Weg und wüßte es zu schätzen, wenn du mir irgendwann einmal einen Brief schicken würdest. Aber zwinge dich nicht dazu. Schreibe mir nur, wenn dir wirklich danach ist.«

Eine Woche nach diesem Gespräch packte Almon seinen Rucksack und begab sich auf die Reise ins Ungewisse.

Mit seinen Ersparnissen und dem Erlös aus dem Verkauf seiner Habseligkeiten würde er sich eine Weile über Wasser halten können. Mit seiner Sehnsucht nach Erkenntnis hatte er eine starke und zuverlässige Begleiterin, auf deren Hilfe er zählen konnte, wenn Ängste und Zweifel sich ihm in den Weg stellen würden. Und er hatte sich selbst, die Kraft seiner Jugend, sein Vertrauen ins Leben, das ihm helfen würde, die dunklen Stunden und schweren Zeiten zu überstehen, die mit Sicherheit auf ihn warteten.

Die ersten Tage und Wochen seiner Reise verliefen ohne außergewöhnliche Begebenheiten. Er wanderte von Ort zu Ort, übernachtete in den einfachsten Herbergen, oft auch im Freien, und lebte so bescheiden wie möglich.

In jedem Dorf und in jeder Stadt, durch die sein zielloser Weg ihn führte, stellte er den Menschen Fragen und erntete oft Befremden, denn die Leute waren es nicht gewohnt, von einem Reisenden nach dem Sinn ihres Lebens gefragt zu werden.

Viele reagierten nur mit einem Kopfschütteln oder Achselzucken und ließen Almon stehen, als würden sie ihn nicht ernstnehmen.

Aber manche gaben ihm auch Antworten.

»Der Sinn meines Lebens besteht darin, daß ich meine Felder bestelle, meine Familie ernähre, meine

Tiere versorge und meine Arbeit so gut wie möglich mache«, erwiderte ein Bauer. »Ich versuche, meiner Frau ein guter Mann, meinen Kindern ein verständnisvoller Vater und meinen Freunden ein zuverlässiger Kamerad zu sein.«

»Mein Lebenssinn ist die Kunst«, war die Antwort einer Malerin. »Ich lebe für meine Bilder. Wenn ich male, vergesse ich alles um mich herum und gehe ganz und gar im Augenblick auf. Es ist wunderbar, sich selbst zu vergessen und die Hand den Pinsel so führen zu lassen, wie die Seele es will. Nimm mir die Malerei – und du nimmst mir den Sinn meines Daseins.«

»Ich sehe meine Berufung darin, den Menschen zu helfen«, sagte ein Arzt zu Almon. »Ein Mann rettete mich mit seinem ärztlichen Können vor dem Tod, als ich noch ein Junge war. Dieses Erlebnis hat mich geprägt und in mir den Wunsch erweckt, selbst ein Arzt zu werden. Ich habe dank meiner beruflichen Fähigkeiten schon mehreren Menschen das Leben gerettet, und in diesen Augenblicken war ich ganz eins mit dem Sinn meines Lebens. Wir alle brauchen Hilfe, wir müssen füreinander da sein, und ich bin glücklich, daß ich diese Einsicht zu meinem Lebensinhalt gemacht habe.«

Almon begegnete aber auch Menschen, die keinen Sinn in ihrem Leben sahen oder ihn verloren hatten.

»Ich hoffe nur noch auf einen schmerzfreien Tod«, entgegnete ein Greis auf Almons Frage, »der mich von meinem ungelebten Leben befreien wird. Immer war ich nur für andere da, stets habe ich mich geopfert – für meine Frau, für meine Kinder, für meinen Beruf, für unser Haus. Meine Frau ist schon lange tot, und meine Kinder besuchen mich, wenn überhaupt, nur noch an meinem Geburtstag und hoffen darauf, daß sie bald mein Haus erben, um es zu verkaufen. Ich hätte mehr an mich selbst denken sollen! Ich habe mir nicht die Zeit genommen, mich selbst kennenzulernen. Und jetzt muß ich sterben, ohne zu wissen, wer ich eigentlich war. Das ist bitter.«

Ein Landstreicher gab Almon die Auskunft: »Ich weiß nicht, ob mein Leben einen Sinn hat, und im Grunde interessiert es mich auch nicht. Ich mache mir keine großen Gedanken und lebe in den Tag hinein. Manchmal bettele ich, manchmal stehle ich, und wenn es nicht anders geht, arbeite ich. Am liebsten würde ich Tag für Tag in einem großen, weichen Bett auf der faulen Haut liegen – so ein Leben könnte mir gefallen. Aber davon kann ich nur träumen.«

Und eine Witwe, die ihren Mann im Krieg verloren hatte, sagte zu Almon: »Ich bin eine Frau, die nur einmal in ihrem Leben wirklich lieben kann, und das Schicksal hat mir die Liebe meines Lebens genommen. Seitdem frage ich mich fast täglich, warum ich noch lebe. Ich empfinde keine Freude, keine Hoffnung mehr – nur eine quälende Wehmut, die nicht enden will. Das einzige, was mich noch am Leben hält, sind meine Träume, in denen mir mein Mann erscheint und mit mir spricht und zärtlich zu mir ist.«

Almon bekam mit der Zeit mehr und mehr Antworten auf seine Fragen und bewahrte sie in seinem Gedächtnis auf, wie er als Student Zitate aus Büchern in seinem Heft gesammelt hatte, doch der Lösung seines eigenen Lebensrätsels kam er dadurch nicht näher.

Er lernte die Not und das Elend der Armen sowie die Gier und Herzlosigkeit der Reichen kennen. Die Ungerechtigkeit begegnete ihm auf Schritt und Tritt und empörte ihn immer aufs neue. Geld und Gewalt regierten die Welt, und wohin ihn auch seine Füße trugen, mangelte es an Güte und Mitgefühl.

Zahllose Menschen mußten ihre Freiheit und ihre ganze Kraft verkaufen, um gerade ihre allernötigsten Bedürfnisse zu stillen. Er sah allerorten Verzweiflung und Not, und er bewunderte die Geduld und Gelassenheit, mit der die Menschen sie ertrugen.

Almon erkannte, daß der nackte Egoismus das Denken und Handeln der allermeisten Menschen bestimmte und sie sich nicht scheuten, die anderen zu betrügen und belügen, wenn es darum ging, sich auf ihre Kosten zu bereichern. Und er erfuhr, daß Nächstenliebe zwar in aller Munde, doch in den wenigsten Herzen war.

Perigon hatte recht gehabt: Die Universität des Lebens war kein botanischer Garten, sie war ein wilder, oft grausamer Dschungel, in dem das Recht des Stärkeren galt und die Menschen mit Mitteln um das Überleben kämpften, die ihn oft genug ängstigten und seine Seele in Traurigkeit versetzten.

Aber er begegnete gelegentlich auch guten Männern und Frauen, die ein Herz für den anderen hatten – Menschen, für die Hilfsbereitschaft und Mitgefühl keine Fremdwörter waren, weil sie sich selbst im anderen erkannten. Diese Ausnahmen von der Regel, daß jeder sich selbst der Nächste war, gaben ihm immer wieder Mut und Kraft, seine Suche fortzusetzen und sich seinen Lektionen zu stellen, um schließlich ein Magister an der Hochschule des Lebens zu werden, wie sein ehemaliger Professor Perigon es ihm ans Herz gelegt hatte.

Almon erlebte sonnige und finstere Tage, Stunden heller Freude und düsterer Bedrückung. Er erkannte und akzeptierte die allgegenwärtige Unbeständigkeit und Ungewißheit des Lebens, erfuhr sie immer aufs neue am eigenen Leib und sah sie in den Schicksalen der Menschen, die seinen Weg kreuzten.

Mehr und mehr wurde ihm bewußt, daß die allermeisten Menschen mit dem Verstand und nicht mit dem Herzen dachten – und daß der Verstand ihnen immer riet, zuallererst an sich selbst zu denken, so daß er nach und nach zu der Überzeugung gelangte, daß der Großteil des Übels in der Welt seine Wurzeln in der Gefühllosigkeit der Menschen hatte.

Und er spürte immer deutlicher, daß der Sinn seiner Suche oder seine Suche nach dem Sinn darin münden würde, etwas zu unternehmen gegen all die Not und Ungerechtigkeit, welche die Menschen mit ihrer gewissenlosen Eigensucht hervorgerufen hatten und die sich von Generation zu Generation fortsetzte wie eine verhängnisvolle Erbkrankheit.

Er sah, wie Männer, Frauen und Kinder sich stritten wegen Nichtigkeiten, sich bekämpften aus Mangel an Einsicht und Großmut und sich gegenseitig das Leben noch schwerer machten, als es ohnehin schon für sie war.

Almon lernte auch die Freuden und Leiden der Liebe kennen, er gewann Freunde und verlor sie wieder – doch am Ende blieben ihm nur Erinnerungen, die sich mit der Zeit verflüchtigten wie nächtliche Träume.

Vielleicht ging er im Kreis? Vielleicht suchte er die Weisheit auf die falsche Weise? Wenn solche Fragen ihn bedrückten und Zweifel ihn zu lähmen drohten, erinnerte er sich an Perigons Worte, daß seine Suche nach dem Sinn kein leichter und kein kurzer Weg sei, und schöpfte aus ihnen neue Kraft und Hoffnung.

Vier Jahre nach Almons Aufbruch klopfte es an Perigons Tür, und ein Bote brachte ihm einen Brief seines ehemaligen Studenten.

Erleichtert öffnete der Professor den Umschlag, denn er hatte bislang noch kein Lebenszeichen von Almon erhalten und schon befürchtet, daß ihm etwas zugestoßen sei – eine Befürchtung, die ihn mehrmals dazu gebracht hatte, sich Vorwürfe zu machen, Almon zu seinem gefährlichen Gang ins Ungewisse ermutigt zu haben.

Um so größer war seine Freude, als er die ersten Zeilen des Briefes las:

»Lieber Perigon – bitte verzeihen Sie mir, daß ich Ihnen erst jetzt schreibe, und lassen Sie mich Ihnen von ganzem Herzen für Ihre Ermutigung und Hilfe danken! Sie haben mir damals mit unserem Gespräch im Park den richtigen Weg gewiesen, auch wenn ich Jahre brauchte, um sein Ziel zu erreichen. Es war eine lange und schwierige Suche, aber ich habe selbst in den düstersten Stunden nie die Hoffnung aufgegeben, meine Bestimmung zu finden.

Ich will Ihnen berichten, wie ich sie fand.

Vor etwa einem Jahr wanderte ich durch einen Wald und wurde von drei Wegelagerern überrascht. Es waren wilde, finstere Gestalten, deren Blicke mich nicht nur um meinen bescheidenen Besitz, sondern um mein Leben fürchten ließen.

Als ihr Anführer sein Messer zog, geschah ein Wunder – zumindest empfand ich es so. Wie aus dem Nichts erschien eine Gruppe von fünf Mönchen unterschiedlichen Alters und stellte sich entschlossen wie eine Mauer zwischen die Wegelagerer und mich. Soweit ich sehen konnte, trugen sie keine Waffen, doch ihr furchtloses Auftreten beeindruckte die Räuber so sehr, daß sie nach kurzem Zögern kampflos das Weite suchten.

Auch mich beeindruckten die Mönche, um so mehr, als sie meinen Dank nicht annehmen wollten, da es für sie selbstverständlich gewesen war, mir zu helfen. Also bat ich sie, ein Stück weit mit ihnen gehen zu dürfen, um mehr über sie zu erfahren, was sie mir auch erlaubten.

Es waren allesamt keine redseligen Männer, doch nach und nach fand ich heraus, daß sie Mönche ganz besonderer Art waren. Jahr für Jahr, vom Frühlingsbeginn bis zum Herbstende, zogen sie durch das Land und sammelten Geld für die Ärmsten der Armen, um es zum Winteranfang unter ihnen zu verteilen.

Sie selbst lebten äußerst bescheiden, gönnten sich nur das Allernötigste und scheuten keine Mühen, um das Leid der Hungernden und Kranken zu lindern. Die Winter verbrachten sie in ihrem Kloster, um neue Kraft für ihre jeweils nächste Reise zu sammeln.

Je länger ich mit ihnen von Ort zu Ort zog, desto mehr bewunderte ich sie. Nie hörte ich sie klagen, nie sah ich sie miteinander streiten. Allen Widrigkeiten begegneten sie mit Humor und Gelassenheit, und wenn ein Reicher ihnen eine größere Summe für die Armen spendete, freuten sie sich wie Kinder.

Mehr und mehr wurde mir bewußt, daß sie die glücklichsten Menschen waren, denen ich auf meinem langen Weg begegnet war, und ich erkannte, daß die Quelle ihres Glücks im Helfen und Dienen lag, im Aufgeben des Eigennutzes, im beharrlichen Eintreten für die Schwächsten der Schwachen.

Ich teilte mit ihnen Brot und Wasser, Freud und Leid, und hatte nur eine Angst – daß sie mich eines Tages fortschicken würden, denn ich war nicht einer von ihnen.

Eines Nachts, während sie schliefen und ich Wache hielt, gewann ich schlagartig die Einsicht, daß ich meine Bestimmung gefunden hatte.

Am nächsten Morgen nahm ich meinen ganzen Mut zusammen und bat die Mönche, mich in ihren Orden aufzunehmen. Sie tauschten schwer zu deutende Blicke aus und antworteten mir nicht. Ich wiederholte meine Bitte am nächsten und auch am übernächsten Morgen. Sie blieben mir wiederum eine Antwort schuldig, schickten mich aber auch nicht fort. Vielleicht, sagte ich mir, prüften sie mich und hatten ihre Prüfung noch nicht abgeschlossen – und fragte nicht mehr.

Als der Winter vor der Tür stand und die Mönche das mühsam gesammelte Geld gerecht unter den Armen verteilt hatten, bereiteten sie sich auf den Rückweg zu ihrem Kloster vor.

Vier Monate lang war ich mit ihnen durch das Land gezogen. Nun war der Tag gekommen, dem ich mit ebensoviel Hoffnung wie Angst entgegengefiebert hatte.

»Bitte nehmt mich in euren Orden auf! Laßt mich mit eurem Abt sprechen. Ich möchte einer von euch werden«, bat ich sie erneut.

Und diesmal bekam ich endlich eine Antwort – von Lotamo, dem ältesten der Mönche, dessen Bescheidenheit und Weisheit mich immer aufs neue berührt und beeindruckt hatten. »Warum stellst du uns immer wieder dieselbe Frage? Weißt du denn nicht, daß du vom ersten Tag an schon einer von uns warst? Wir haben dich längst in unseren Orden aufgenommen, auch wenn du noch nicht das Mönchsgewand trägst.«

»Könnt ihr mich denn so einfach in euren Orden aufnehmen? Muß nicht euer Abt darüber entscheiden?«

Die Mönche lachten schallend.

»Ich bin der Abt«, sagte Lotamo.

Dies war der glücklichste Moment meines Lebens, und seitdem bin ich wie verwandelt! Ich stehe in vollkommenem Einklang mit mir. Die Augen meiner Seele haben sich geöffnet!

Ihr Almon – der die höchste Weisheit und den Sinn seines Lebens im selbstlosen Dienst an den Notleidenden fand.«

Die ewige Blüte

Ausgerechnet an Selenas vierzehntem Geburtstag geschah etwas, das ihr Leben von Grund auf veränderte.

Sie kam aus der Schule nach Hause, empfing die Geschenke ihrer Eltern und aß mit ihnen gemeinsam zu Mittag. Anschließend backte sie mit ihrer Mutter einen Kuchen für ihre beiden besten Freundinnen Minata und Alia, die sie eingeladen hatte, um mit ihnen am Nachmittag gemeinsam zu feiern.

Minata kam wie immer pünktlich, Alia wie gewohnt mit etwas Verspätung.

Selena umarmte ihre Freundinnen herzlich, freute sich über ihre Glückwünsche und Geschenke und ging mit ihnen in ihr Zimmer, wo sie bereits zuvor liebevoll den Tisch gedeckt hatte.

Selenas Kuchen schmeckte den Mädchen so gut,

daß nach einer Weile fröhlichen Geplauders nichts mehr von ihm übrig war.

»Wie wäre es jetzt mit einem kleinen Nachtisch?« fragte sie.

Ihre Freundinnen nickten fast gleichzeitig, und so bat Selena sie, sich eine kleine Weile zu gedulden, und ging in den Garten hinaus, um Erdbeeren zu pflücken.

Als sie auf die Terrasse trat, geschah das Unfaßbare.

Anstatt gleich zu den Erdbeerbeeten zu gehen, hob sie den Blick unwillkürlich über die Hecke, die den Garten eingrenzte – und sah etwas, das ihr den Atem nahm: Eine Erscheinung am Himmel, die so groß und rund war wie die Sonne, aber nicht so blendend, zog eine halbkreisförmige Bahn am Horizont. Sie war rötlich, fast orange, bewegte sich mit unglaublicher Geschwindigkeit von Osten nach Westen – und verschwand ebenso schnell, wie sie aufgetaucht war.

Was immer diese Kugel auch gewesen sein mochte, sie hatte den Weg am Himmel, für den die Sonne einen ganzen Tag brauchte, in wenigen Sekunden zurückgelegt!

Selena spürte ihr Herz im Hals und in den Schläfen pochen, die Knie wurden ihr weich, und sie mußte sich auf den Boden setzen. Was war geschehen, was hatte sie gesehen? War sie Zeugin eines Wunders geworden oder hatten ihre Augen ihr einen Streich gespielt?

Nein, sie hatte die rötliche Kugel wirklich gesehen! Wenn sie ihren eigenen Augen nicht traute, wem sollte sie sonst trauen? Was immer diese unerklärliche Erscheinung am Himmel auch gewesen sein mochte – Selena spürte, daß sie ihr etwas offenbart hatte, für das sie noch keine Erklärung fand.

Als sie sich wieder gefaßt hatte, stand sie auf und ging zu ihren Freundinnen zurück.

»Nanu, du kommst mit leeren Händen? Wo bleibt der versprochene Nachtisch?« beschwerte sich Alia.

Minata, die schon immer einen schärferen Blick als Alia besessen hatte, erschrak: »Was ist passiert? Du bist so blaß, als wäre dir ein Gespenst über den Weg gelaufen.«

Selena setzte sich. »Ich habe eben etwas Unglaubliches gesehen.« Und dann erzählte sie ihren Freundinnen, was sie im Garten erlebt hatte.

»So groß und rund wie die Sonne?« Alia zog eine ungläubige Miene. »Dann war es wohl die Sonne. Es gibt ja nur eine.«

»Nein, sie war es nicht. Die Sonne wandert im Schneckentempo, aber diese Kugel flog unfaßbar schnell.«

Auch Minata fiel es schwer, den Worten ihrer Freundin Glauben zu schenken. »Vielleicht hast du nur für ein paar Sekunden die Augen geschlossen und dabei diese Kugel gesehen. Wenn ich abends im Bett im Dunkeln liege und mit den Fingerspitzen leicht auf meine geschlossenen Augen drücke, sehe ich auch manchmal schöne Farben und Formen.«

»Aber es war nicht dunkel, und meine Augen waren offen«, erwiderte Selena erregt und konnte ihre Enttäuschung darüber, daß ihre besten Freundinnen ihr Erlebnis anzweifelten, nicht verbergen.

Minata und Alia schwiegen mit ernsten Mienen.

»Ihr glaubt mir also nicht?«

Alia verzog den Mund. »Ehrlich gesagt, es fällt mir schwer. Was du gesehen hast, kann es gar nicht geben.«

Selena blickte Minata an. »Und was denkst du?«

»Ich weiß nicht. Es klingt schon ziemlich unglaubwürdig. Wahrscheinlich hattest du eine Sinnestäuschung. Wenn Menschen sich in der Wüste verirren und zu verdursten drohen, meinen sie, eine Oase zu sehen, aber es ist nur eine Luftspiegelung, eine Fata Morgana.«

»Aber ich war nicht in der Wüste, sondern auf der Terrasse.«

Wieder schwiegen Selenas Gäste, und sie spürte, daß ihre Geburtstagsfeier, auf die sie sich so sehr gefreut hatte, nicht mehr zu retten war.

»Ihr glaubt mir also nicht?«

»Ach kommt, laßt uns über etwas anderes reden«, schlug Minata vor. »Gestern nach der Schule hat Melim mir einen Zettel zugesteckt, mit einem kleinen Liebesgedicht. Soll ich es euch mal vorlesen?«

»Nein!« Selenas Antwort kam impulsiv, mit einem entschlossenen Tonfall, der sie selbst überraschte. »Ich möchte jetzt lieber allein sein. Ich hoffe, ihr könnt das verstehen.«

Beim Abendessen erzählte Selena ihren Eltern von ihrem Erlebnis im Garten, aber erntete auch von ihnen nur befremdetes Kopfschütteln und ungläubige Blicke.

»Das hast du dir bestimmt nur eingebildet«, sagte ihre Mutter, und ihr Vater nickte zustimmend.

Als Selena später im Bett lag, kam es ihr vor, als hätte sie heute den unglücklichsten Geburtstag ihres Lebens gehabt. Ihre besten Freundinnen und ihre Eltern, also die Menschen, die ihr am meisten bedeuteten, zweifelten an, was sie gesehen hatte. Sicher, sie hatte ein völlig unerklärliches Erlebnis gehabt. Trotzdem konnte sie nicht verstehen, daß niemand ihr glaubte. Ihre Freundinnen und Eltern kannten sie doch gut genug, um zu wissen, daß sie nicht zu den Mädchen gehörte, die sich phantastische Geschichten ausdenken, um sich interessant zu machen.

Selena fühlte sich enttäuscht und einsam wie nie zuvor in ihrem Leben – und das ausgerechnet an ihrem Geburtstag.

Am Ende der Straße, in der Selena wohnte, stand ein Haus, an dem sie immer gern vorbeiging, allein schon wegen des verwilderten Vorgartens, in dem die prächtigsten Blumen und Sträucher blühten.

In diesem Haus lebte ein alter Mann namens Lamur, dem sie schon öfter begegnet war. Sie hatte ihn immer freundlich gegrüßt, und er hatte ihren Gruß stets mit einem Lächeln erwidert, das anders war als das übliche Lächeln der Erwachsenen, die meistens einfach nur ihre Mundwinkel hochzogen. Das Lächeln dieses Mannes kam aus seinen klaren Augen, und obwohl er bestimmt schon älter als siebzig war, hatte er den unschuldigen Blick eines Kindes.

Einmal hatten Selenas Eltern beim Abendessen über ihn gesprochen.

»Das ist schon ein komischer alter Kauz, dieser Lamur, läßt seinen Garten verwildern, grüßt alle freundlich, aber spricht mit niemandem. Keiner kennt seine Vergangenheit. Niemand weiß so recht, was er von ihm halten soll. Irgendwas stimmt mit ihm nicht«, urteilte ihr Vater.

»Er ist ein freundlicher alter Mann, der auf mich den Eindruck macht, als habe er sehr viel erfahren und gesehen. Ich glaube, er will einfach nur seinen Lebensabend in Ruhe verbringen«, verteidigte ihre Mutter Lamur. »Er hat einen vertrauenerweckenden Blick und eine feine Art. Sicherlich ist er ein wenig menschenscheu, aber er wird seine Gründe dafür haben.«

Diese Worte ihrer Mutter kamen Selena in den Sinn, als sie am nächsten Tag auf ihrem Weg von der Schule nach Hause an Lamurs Haus vorbeikam – und zum ersten Mal nicht nur ihren Blick über den Vorgarten und die Fassade des Hauses schweifen ließ, sondern vor dem nur angelehnten, hölzernen Eingangstor stehenblieb.

Ohne sich zu fragen, warum sie es tat, öffnete Selena mit klopfendem Herzen das Tor und ging den moosbewachsenen Weg auf die Haustür zu. Es war, als würde eine innere Stimme es ihr befehlen. Langsam, aber ohne Zögern legte sich ihre Hand auf den Türklopfer und betätigte ihn.

Eine Weile geschah nichts, und Selena befürchtete schon, daß Lamur nicht zu Hause war, doch dann hörte sie langsame Schritte auf die Tür zukommen, und er öffnete ihr.

Er lächelte sie an, wie immer, wenn er ihr auf der Straße begegnet war. Sie konnte nicht umhin, sein warmes Lächeln zu erwidern, und wenn sie noch Zweifel über die Richtigkeit ihres Entschlusses gehabt hätte, ihn zu besuchen, wären sie in diesem Augenblick verblaßt.

»Guten Tag. Ich bin Selena.«

Lamur nickte bedächtig. Bevor das Mädchen den Grund ihres Kommens nennen konnte, bat er sie hinein, führte sie in sein Wohnzimmer und forderte sie auf, ihren Schulranzen abzunehmen und sich zu setzen.

»Ich freue mich, daß du mit deinem Besuch unverhofften Glanz in mein bescheidenes Haus bringst – und ich vermute, du hast etwas auf dem Herzen.«

Selena nickte. »Ja. Ich habe gestern nachmittag etwas gesehen, das mir niemand glaubt, obwohl ich ganz sicher bin, daß ich es mir nicht eingebildet habe. Es war eine Erscheinung am Himmel – vielleicht ein Wunder. Ich weiß nicht, warum, aber ich habe das Gefühl, daß Sie es mir glauben werden.«

Und sie erzählte ihm ihr Erlebnis.

Lamur schien von ihren Worten in keiner Weise überrascht oder befremdet zu sein. Er nickte mehrmals, fuhr sich über die weißgrauen Haare und sagte schließlich: »Ich glaube dir, Selena, und ich bin froh, daß du zu mir gekommen bist.«

»Ich bin es jetzt auch. Glauben Sie an Wunder? Meine Eltern und meine Freundinnen sagen, es gibt keine Wunder. Alles, was geschieht, ist erklärbar.«

»Bis auf das Unerklärliche«, erwiderte Lamur und schmunzelte. »Die allermeisten Menschen halten sich für vernünftig, aber im Grunde sind sie nur ängstlich. Sie haben eine bestimmte Sicht des Lebens und der Welt, und wenn etwas geschieht, das ihre Anschauung in Frage stellt, wollen sie es nicht wahrhaben, weil es sie zwingen würde, ihr Weltbild und damit sich selbst zu verändern – und davor fürchten sie sich. Dabei ist Leben nur ein anderes Wort für Veränderung. Weißt du, im Grunde haben sie Angst vor dem Leben.«

»Warum sind Sie der einzige, der mir glaubt?«

»Weil man beim anderen nur das wirklich versteht, was man in sich selbst trägt oder am eigenen Leib erfahren hat. Ich habe in meinem langen Leben so manche unerklärliche Dinge erlebt, die ich nur als Wunder bezeichnen kann. Dazu gehört die Geschichte eines hoffnungslos an Krebs erkrankten Mannes, dem alle Ärzte, bei denen er Hilfe suchte, seinen baldigen Tod vorausgesagt hatten. Doch dann gesundete er auf völlig unverhoffte Weise durch die große Liebe seiner Haushälterin, die sie jahrelang vor ihm verborgen hatte und ihm erst offenbarte, als sie erfuhr, daß er dem Tod geweiht war. Wahre Liebe kann Wunder vollbringen, Selena.«

»Was haben Sie noch erlebt?« fragte das Mädchen mit großen Augen.

»Als junger Mann habe ich mich einmal auf einer Wanderschaft in einem Wald verirrt und wurde von der Abenddämmerung überrascht, bevor ich die Berghütte erreichen konnte, in der ich die Nacht verbringen wollte. Der Himmel war wolkenverhangen, und bald war es so stockfinster, daß ich die Hand nicht vor den Augen sehen konnte und gezwungen war, im Freien zu übernachten. Ich hatte ein ungutes Gefühl dabei, denn zu dieser Zeit gab es dort noch viele Wolfsrudel, aber ich war vom Wandern so erschöpft, daß ich trotz meiner Ängste schnell in einen tiefen Schlaf fiel, aus dem ich durch das markerschütternde Heulen von Wölfen gerissen wurde, das aus bedrohlicher Nähe ertönte. Ich muß gestehen, daß ich selten in meinem Leben eine so große Angst verspürt habe wie in diesen Augenblicken.«

Lamur atmete tief durch, während Selenas Augen gebannt an seinen Lippen hingen.

»Und dann geschah etwas Unfaßbares«, setzte Lamur seine Erzählung fort. »Ein unerklärlicher Ring aus weißem, flimmerndem Licht, dessen Helligkeit mich fast blendete, bildete sich wie ein schützender Kreis um mein Nachtlager, und ich hörte eine sanfte Stimme in meinem Bewußtsein, daß ich behütet sei und nichts zu befürchten hätte. In diesem Moment endete das beängstigende Wolfsgeheul abrupt, als hätte ich nur davon geträumt, und eine friedliche Stille breitete sich um mich herum und in mir aus. Bald darauf schlief ich wieder ein, und am nächsten Morgen erwachte ich unversehrt und wurde von strahlendem Sonnenschein begrüßt.«

»Was war das, dieser Ring aus Licht?« fragte Selena atemlos.

Lamur zuckte mit den Achseln. »Ich weiß es nicht. In jener Nacht erschien es mir, als hätte eine höhere, gütige Macht sich meiner angenommen und die Gefahr abgewendet, in der ich schwebte.«

»Hat Ihnen jemand dieses Erlebnis geglaubt?«

Lamur lächelte. »Ich habe es für mich behalten.«

»Nun verstehe ich, warum Sie nicht an meinem Erlebnis zweifeln«, sagte Selena und spürte, wie eine Last von ihrer Seele fiel.

»Wie ich dir schon sagte – ich habe einige unerklärliche Dinge erfahren, die der gesunde Menschenverstand als Hirngespinste abtun würde, aber das allergrößte Wunder, von dem ich dir erzählen kann, habe ich dir noch vorenthalten.«

»Bitte berichten Sie mir davon!« bat Selena mit glänzenden Augen.

Lamur nickte bedächtig, lehnte sich in seinen Sessel zurück, zündete sich eine Pfeife an und begann zu erzählen.

»Diese Geschichte trug sich vor vierzig Jahren zu, in Olania, einer kleinen Stadt im Norden, weit entfernt von hier.

Im Park von Olania stand ein Baum, der zum allerersten Mal blühte, in strahlendem Weiß. Viele Menschen strömten zusammen, um seine überwältigende Blütenpracht zu bewundern und ihren herrlichen Duft zu genießen. In seiner Nähe fühlten sie sich auf magische Weise von ihren Alltagssorgen befreit und gewannen neue Lebensfreude.

Der blühende Baum wurde schnell das Schmuckstück, der geheime Mittelpunkt der Stadt. Er war der König des Frühlings, verzauberte die Menschen, weckte tiefe Sehnsüchte in ihren Herzen und ließ sie die Entbehrungen des Winters vergessen.

Er blühte prächtiger als die anderen Bäume und behielt zur großen Verwunderung aller Parkbesucher seinen Blütenschmuck, während die Blütenblätter der übrigen Bäume schon verwelkt auf dem Boden lagen.

Als der Sommer kam und alle Bäume der Stadt in üppigen Grüntönen schwelgten, hatte der Baum im Park noch keine einzige seiner Blüten verloren.

Das Erstaunen der Menschen kannte nun keine Grenzen mehr. Viele sprachen von einem Wunder. Manche riefen dazu auf, den Baum als Heiligtum zu verehren, denn er schien ein göttlicher Beweis für die Unvergänglichkeit der Schönheit zu sein.

Dann zog der Herbst ins Land. Die Blätter aller Laubbäume verfärbten sich und wurden welk, doch der Wunderbaum stand nach wie vor in frischer Blütenpracht. Selbst der erste wilde Sturm, der alle Menschen in die Geborgenheit der Häuser trieb, vermochte ihm nicht eine einzige Blüte zu entreißen.

Als das Unwetter sich am nächsten Morgen gelegt hatte, standen die Stadtbewohner fassungslos vor dem unversehrten Zauber.

Hier ginge es nicht mehr mit rechten Dingen zu, machte sich schließlich eine Stimme bemerkbar, aus der nicht mehr Bewunderung, sondern Angst sprach. Vereinzelt ertönte beifälliges Gemurmel.

Von diesem Tag an mieden viele Spaziergänger den blühenden Baum und warfen ihm nur noch verstohlene Blicke im Vorbeigehen zu.

Schließlich trat der Winter seine eisige Herrschaft an. In einer finsteren, kalten Nacht sanken so viele Schneeflocken vom Himmel herab, daß die Menschen bis zu den Knien durch den Schnee stapfen mußten, als sie am nächsten Morgen ihre Häuser verließen. Die ganze Stadt war weiß geworden, und die Bäume glänzten im Sonnenschein, als hätte der Himmel sie über und über mit Puderzucker bestäubt.

Doch bald kam Tauwetter, und die weiße Pracht schmolz schnell dahin. Schon waren die Bäume wieder dunkel und kahl wie zuvor. Nur der geheimnisvolle Baum stand nach wie vor in voller Blüte, als könnten ihm alle Gesetze und Gewalten der Natur nichts anhaben.

Immer mehr Eltern verboten nun ihren Kindern, in der Nähe des Baumes zu spielen, und manche Parkbesucher beachteten ihn nicht mehr, wenn ihr Weg sie an ihm vorbeiführte.

Und schließlich ging das Wort von Mund zu Mund, daß der immerblühende Baum nicht eine Offenbarung göttlicher, sondern teuflischer Kräfte sei, denn seine widernatürliche Dauerblüte verspotte die Gesetze der von Gott geschaffenen Natur in einer Weise, zu der nur der Teufel fähig sein könne.

Bald darauf traf sich der Stadtrat von Olania, dem fünf der einflußreichsten Bürger des Ortes angehörten, zu einer außerordentlichen Sitzung: der Bürgermeister, der Bankdirektor, die Schulleiterin, der Pastor und der Arzt.

Der Bürgermeister begründete die kurzfristige Einberufung des Rates mit den wachsenden Ängsten, die der unentwegt blühende Baum in den Menschen der Stadt hervorgerufen hatte, und verlieh seiner Befürchtung Ausdruck, daß dadurch die öffentliche Ordnung und der Stadtfrieden gefährdet seien. Deshalb habe er nach Gesprächen mit vielen Bürgern und sorgfältigem Nachdenken entschieden, den Baum fällen zu lassen. Am Ende seiner kurzen Rede forderte er den Stadtrat auf, über seinen Entschluß abzustimmen.

Er verteilte jeweils zwei Zettel an die Ratsmitglieder und bat sie, einen der Zettel zusammenzufalten und in die Schale auf dem Tisch zu legen. Auf dem einem Zettel stand ›Fällen‹, auf dem anderen ›Nicht fällen‹. So konnte jeder der fünf Anwesenden seine Entscheidung treffen, ohne daß erkenntlich wurde, wer sich wie entschieden hatte.

Als der Bürgermeister die Zettel auseinanderfaltete und auf den Tisch legte, stand auf vier Zetteln das Wort ›Fällen‹ – und nur auf einem ›Nicht fällen‹. Damit war die Sache entschieden.

Wenige Tage später zogen die Bürger von Olania, vom Bürgermeister angeführt, mit ernsten und entschlossenen Gesichtern in den Park.

Die Menge scharte sich schweigend um den Wunderbaum, während zwei starke Männer mit scharfen Äxten unter beifälligen Zurufen begannen, ihn zu fällen.

Die Schaulustigen stoben auseinander, um nicht von dem ächzend zu Boden stürzenden Baum getroffen zu werden, und eilten in ihre Häuser zurück, weil aus heiterem Himmel ein heftiger Regen und wilder Sturm einsetzte, der die ganze Nacht anhielt.

Als einige Männer am nächsten Tag mit einem Pferdegespann in den Park zurückkehrten, um den gefällten Baum zum Fluß zu ziehen und ihn der Strömung zu übergeben, war er spurlos verschwunden.

Nicht eine einzige seiner Blüten lag an dem Platz, wo er gestanden hatte. Keine Schleifspur war auf dem Boden zu erkennen. Auch der Baumstumpf war wie vom Erdboden verschluckt. Nicht einmal ein Loch klaffte im Boden, das eine Ausgrabung des Stumpfes zwangsläufig hinterlassen hätte. Alles war so, als hätte dort nie ein Baum gestanden.

Und doch spürten die Stadtbewohner, daß nichts mehr so sein würde wie früher, und daß eine schwere Schuld auf ihren Seelen lastete, die sie sich in ihrer Angst vor dem Unerklärlichen aufgebürdet hatten.

Und sie gingen mit beschämten und bedrückten Gesichtern in ihre Häuser zurück.«

Nachdem Lamur seine Erzählung beendet hatte, legte er seine Pfeife beiseite, stand auf und ging in ein Nebenzimmer.

Als er zurückkam, hielt er ein wunderschön gearbeitetes Silberkästchen in den Händen und stellte es mit den Worten auf den Tisch: »Darin ist ein sehr wertvolles Geschenk für dich, Selena. Aber bevor ich es dir gebe, stelle mir die Frage, die dir auf der Stirn geschrieben steht.«

»Waren Sie in Olania, als der Wunderbaum blühte?«

»Ja. Ich lebte dort als Arzt und war Mitglied des Stadtrates. Ich war derjenige, auf dessen Zettel ›Nicht fällen‹ stand, und ich war dabei, als der Baum gefällt wurde. Ich habe in meinem Leben so manches erlitten, aber hilflos mit ansehen zu müssen, wie aus purer Angst und Engstirnigkeit ein Wunder zerstört wurde, war ein Erlebnis, das mich seelisch fast zerbrochen hätte. Am Tag darauf packte ich meine Koffer und verließ Olania auf Nimmerwiedersehen. Ich zog in eine andere Stadt, arbeitete dort fünfunddreißig

Jahre als Arzt und tat mein Bestes, um den Kranken und Leidenden zu helfen. Vor fünf Jahren wechselte ich ein letztes Mal den Wohnort und zog in dieses abgeschiedene Haus, das mein Bruder mir vererbt hat, um hier meinen Lebensabend zu verbringen.«

Selenas Blick fiel unwillkürlich auf die hübsche Silberschatulle auf dem Tisch.

»Ich habe die Geschichte des Wunderbaumes in all den Jahren niemandem erzählt. Du bist der erste Mensch, dem ich sie anvertraue. Nun frage ich dich: Glaubst du sie mir?«

Selenas Antwort kam ohne Zögern. »Ich glaube Ihnen jedes Wort. Ich habe es geahnt, ganz tief in mir, daß es Wunder gibt. Und ich danke Ihnen von ganzem Herzen, daß Sie meine Ahnung zu einer Gewißheit gemacht haben.«

»Und ich danke dir, daß du den Weg zu mir gefunden und mir dein Vertrauen geschenkt hast. Du bist so, wie alle Menschen sein sollten. Du weißt, daß man das Wunderbare als ein Geschenk des Himmels betrachten und nicht in Frage stellen soll. Du würdest nie auf die Idee kommen, einen Baum in immerwährender Blüte zu fällen. Du hast keine Angst vor dem Unerklärlichen, du läßt dich von ihm beglücken, verzaubern.«

Selena lächelte Lamur mit leuchtenden Augen an. Noch nie hatte ein Mensch so tief in ihre Seele geschaut!

Auch Lamur lächelte, als er sagte: »Übrigens, diese sonnengroße Kugel, die so schnell ihre Bahn am Himmel gezogen hat – ich habe sie auch gesehen, gestern nachmittag, als ich im Garten saß.«

Selenas Hand legte sich vor Freude unwillkürlich auf ihr Herz.

»Und – was war es?«

Lamur lachte. »Ein Wunder – und ich habe es mit großen Augen bestaunt.«

»Ich auch«, sagte das Mädchen.

»Nun – bist du nicht neugierig auf dein Geschenk?«

»Gestern hatte ich Geburtstag«, antwortete Selena, »und habe Geschenke ausgepackt. Aber jetzt bekomme ich so ein Gefühl, daß ich erst heute wirklich beschenkt werde.«

Mit klopfendem Herzen und zitternden Händen öffnete Selena das Kästchen – und erblickte eine schneeweiße Blüte, deren Schönheit und Duft sie über alle Maßen entzückte.

»Oh – die ist ja wunderschön! Aber warum legen Sie die Blüte nicht in eine Schale mit Wasser und stellen sie ans Licht, damit sie länger lebt?«

Lamur schmunzelte. »Sie braucht kein Wasser und auch kein Licht. Sie liegt schon vierzig Jahre lang in dieser silbernen Kassette und ist noch immer so frisch und voller Duft wie damals, als der Wunderbaum gefällt wurde. Sie fiel mir vor die Füße, als der Baum zu Boden gefallen war. Ich habe sie aufgehoben und mitgenommen, ohne daß jemand es bemerkte. Es ist eine ewige Blüte – der Beweis eines Wunders, den ich nur einem Menschen schenken kann, der einen solchen Beweis nicht braucht.«

Die Illustratorin und Malerin

Als junges Mädchen leistete Catherine ihrem Vater (ein autodidaktischer Maler) immer gern Gesellschaft, wenn er an seinen Ölgemälden arbeitete. Sie betrachtete ihn dabei stundenlang, bewunderte ihn sehr und prägte sich unbewußt seine Maltechniken ein. Sie entdeckte auch sehr früh das Zeichnen für sich, vor allem das Porträtieren, und schwor sich, daß sie irgendwann einmal auch malen würde.

Catherine Ducloux arbeitet in der Regel nicht mit Modellen, sondern läßt ihre Gemälde aus ihren Phantasien und Visionen entstehen, fertigt aber auch gelegentlich Porträts nach Photovorlagen an, wobei es ihr nicht nur auf eine getreue Darstellung, sondern auch auf eine phantasievolle Interpretation der gemalten Person ankommt. Dennoch sind ihre Bilder weit entfernt vom Photorealismus und auch sonst in keine Modeströmung einzuordnen. Sie vermitteln uns durch ihre Atmosphäre die Anschauung der Malerin.

Catherine malt, um zu malen, aus dem Drang, das vollendete Bild vor sich zu sehen. (»Ich male das, was mich anrührt und sich mir anbietet.«) Sie empfindet das Malen als eine Art Meditation (»Einfach die Welt vergessen«) und genießt dabei das Zeitlose, das Gefühl des völligen Alleinseins, wobei alles um sie herum verschwindet oder seine Bedeutung verliert. Allein ein Glücksgefühl bleibt. Doch das Malen bedeutet ihr nicht nur Glück, sondern auch Trost, Hilfe und die Stärkung, die sie braucht, um die dunklen Seiten des Lebens zu meistern. Genau aus diesem Grund möchte sie auch nur Schönheit und Anmut aufs Bild bringen, nicht das Häßliche und Deprimierende, das die Nachrichten ihr vermitteln. Aber aus welchen Gründen auch immer sie malt, letztlich kann sie gar nicht anders, als ihre Liebe zur Schönheit und zu den Farben künstlerisch auszudrücken.

www.catherines-galerie.de

Der Autor

Hans Kruppa wurde 1952 in Marl (Westfalen) geboren. Er studierte an der Universität Freiburg Philologie und unterrichtete zwei Jahre an einem Gymnasium Englisch und Sport, bevor er sich ganz dem Schreiben widmete. Seit 1981 lebt er als freier Schriftsteller in Bremen.

Inzwischen ist er einer der meistgelesenen deutschen Dichter und Erzähler. Seine Gedichte und Märchen, Erzählungen und Romane, Aphorismen und Kurzgeschichten hat er in mehr als achtzig Büchern mit einer Gesamtauflage von über zwei Millionen veröffentlicht. Einige seiner Bücher wurden in andere Sprachen übersetzt.

Er mag Spaziergänge in Parks, in der Natur und am Meer, oft in Begleitung seines Photoapparates. Er hört sehr gern Musik, aber noch lieber greift er zur Gitarre oder setzt sich ans Klavier und improvisiert oder komponiert Songs und Instrumentalstücke.

Für sein literarisches Schaffen wurde Hans Kruppa mit dem New Yorker Otto-Mainzer-Preis ausgezeichnet.

In seiner Märchen-Edition bei Allegria liegt neben diesem Band vor *Der gefundene Schatz.*

www.hans-kruppa.de

Eine Auswahl weiterer Bücher von Hans Kruppa

Nur für Dich. Gedichte. 1983
Das Zauberbuch. Ein Märchen. 1987
Kaito. Ein Märchenroman. 1988
In Deiner Nähe. Liebesgedichte. 1991
Die Legende von Tay Manka. 1993
Der Wunschkristall. Ein Märchen. 1998
Amanda und das Zauberbuch. Ein Märchen. 1999
Nur Du. Liebesgedichte. 2000
Für immer Du. Liebesgedichte. 2001

Zauber der Seele. Gedichte. 2002
Umarme die Liebe. Gedichte. 2003
Der Kuß des Schmetterlings. Roman. 2004
Das Goldene Buch der Liebe. 2004
Nur Du. Lyrik und Musik. Hörbuch. 2004
Lieder des Herzens. Liebesgedichte. 2005
Der gefundene Schatz. Märchen. 2005
Das Herz eines Engels. Märchen. 2005